Le Kergoat
Roman

© 2025 Bruno LE LAY
Édition : BoD · Books on Demand, 31 avenue Saint-Rémy,
57600 Forbach, bod@bod.fr
Impression : Libri Plureos GmbH, Friedensallee 273,
22763 Hamburg (Allemagne)
ISBN : 978-2-3225-5819-3
Dépôt légal : Février 2025

Chapitre 1

Nous étions en mai, un joli mois de mai, comme souvent. Plutôt vers le début, car les cerisiers japonais s'étaient gonflés de boules de fleurs rose barbe à papa. Les hortensias offraient leurs plus fraîches couleurs, en subtiles nuances de rose parme ou de bleu océan. Les arbres avaient enfin déployé leur nouveau feuillage, chaque sous-bois était illuminé de ce vert tendre, si fluorescent de lumière.

C'était le deuxième printemps de ce petit garçon né en septembre et prénommé Alan. Il ne lui reste aujourd'hui aucune séquence de sa période bébé. Son premier souvenir est donc ce jour de printemps, imprimé dans sa mémoire comme un matin extrêmement lumineux, un soleil aveuglant se levant sur une nature toute fraîche. Il avait donc entre dix neuf et vingt mois, sa démarche mal assurée trahissait d'ailleurs le début de son ère bipède.

Un indice trahit le lieu de ce premier souvenir : les hortensias... c'était en Bretagne. Dans le Finistère Sud précisément. Alan venait de prendre le petit déjeuner dans la cuisine de la demeure familiale, une ancienne ferme typique tout de granit vêtue. Son bol arborait le plus pur style local, avec les oreilles bleues, son prénom devant, le bigouden au fond et, à coup sûr, la signature "H.B. Quimper" en-dessous. Il suivait son père, un géant avec un polo rouge sur lequel était venu s'accrocher un crocodile vert. Cela les emmenait vers le bas de la propriété. Le bambin traversait avec maladresse ce champ d'herbe encore givrée et couleur menthe glaciale. Une fois au bout du terrain qui lui paraissait immense, longeait un petit chemin qui, à défaut de sentir la noisette, offrait un spectacle idyllique : il encerclait un plan d'eau, qui lui-même se jetait dans une immense rivière : l'Odet. Les arbres étaient enveloppés de mousse verte à leur base et se reflétaient dans ce miroir d'eau. Le sol alternait l'herbe couleur laitue, le tapis de feuilles mortes et les grappes de givre accrochées aux brindilles et autres pommes de pins. Grâce aux premiers rayons du soleil filtrés par les branches de feuilles neuves et encore transparentes, le spectacle était somptueux, il n'espérait pas mieux comme premier souvenir ! Mais ce n'était pas fini, car lorsqu'ils arrivèrent au bout du chemin, la rivière offrait une vision encore plus extraordinaire : un brouillard épais flottait au ras des flots, les voiliers se dessinaient sous forme de silhouettes étranges, les arbres en bordure paraissaient majestueusement grands, et les premiers rayons de soleil venaient illuminer des éclats sur les ondulations du cours d'eau, d'un calme olympien. Féérique, cette première matinée de sa mémoire !

Alan se tenait debout sur la cale, une rampe en blocs de granit descendant en pente très douce dans l'eau de la rivière. Il observait son père qui, les pieds dans l'eau, tirait sur une corde pour rapprocher un petit canot à moteur. Il fut soudain décollé du sol pour se retrouver assis sur un genre de coussin en skaï rouge, la banquette avant du bateau rouge carmin et ivoire appelé "Kergoat". Son papa poussa, puis monta façon abordage, tourna la clé et fit vrombir le petit moteur. Le bonhomme commença enfin à sourire, se laissant bercer par le rythme des flots clappant le long de la coque bicolore.

La suite de la balade et de la journée, il ne s'en souvient vraiment pas, mais cela lui suffit largement. Sa mémoire est née ce jour-là.

Chapitre 2

C'est hallucinant tout ce que l'on peut amasser et conserver, surtout lorsqu'on a vécu la plus grande partie de sa vie dans la même maison. C'est le cas de la grand-mère paternelle d'Alan, qui vient tout juste de rejoindre son défunt mari en ce vendredi hivernal. La grande ferme au bord de l'Odet était vide depuis la disparition de son grand-père, mais il n'avait encore jamais osé déambuler dans le grenier, les dépendances et autres recoins où toutes sortes de trouvailles extraordinaires étaient possibles. Désormais conscient qu'il y a une personne de plus qu'il ne reverra jamais, il ressent le besoin de s'enfouir dans cet univers et, par la même occasion, dans son enfance.

Cela fait trente et quelques fois que l'aiguille des années passe devant sa date de naissance. Il se fait la remarque que, depuis plusieurs semaines, il est régulièrement renvoyé vers ses jeunes années par un parfum, une vision, un lieu, un goût... des sortes de flashes. Et il sait d'avance qu'en arpentant cette grande maison de manière un peu solennelle, avec toute la mélancolie que peut ajouter l'ambiance d'une journée d'hiver, il va être submergé de ces souvenirs.

Depuis quelques temps, en plus de ces flash-back intempestifs, il s'est découvert une passion pour les brocantes et les vide-greniers. Il déniche ainsi chaque week-end des objets familiers, pour ensuite leur redonner vie. Aussi, en pénétrant dans la cuisine, il retrouve une multitude d'accessoires bien connus de sa mémoire. Quel plaisir de retrouver ces pots à épices au-dessus de la cheminée monumentale. Et ce buffet de cuisine "Mado" des années quarante, avec cette niche au milieu où siège encore en maître de l'information une petite radio à piles, à peine plus jeune que son support. Il se retourne pour redécouvrir cette énorme cuisinière en fonte, avec le robinet d'eau en façade. Ce petit détail le rejette soudain vers ses trois ou quatre ans, époque où il avait pris la mauvaise habitude de rentrer dans la maison par la cuisine sur son petit vélo rouge à pneus blancs. La petite tête blonde qu'il était prenait son premier bicycle pour une moto de course, et ce robinet d'eau, à portée de main, représentait une pompe à essence idéale pour les ravitaillements de sa diabolique machine. Seulement, il était impossible de l'actionner, son grand-père ayant eu la vigilance d'en condamner le fonctionnement dès sa venue au monde. Mais à cet âge, faire semblant est une gymnastique quotidienne ! Il faisait donc comme si la pompe débitait son carburant et ressortait des stands aussi vite qu'il s'y était engouffré !

Ce souvenir lui arrache un sourire. Et dire qu'il a roulé sur ces superbes tommettes à six pans avec tous ses engins. Car avant ce petit vélo rouge, il y avait eu le scooter en plastique, rouge lui aussi. Puis il avait récupéré un tricycle en fer, avec une petite benne à l'arrière, le tout rouge, bien sûr ! Et enfin la voiture à pédales qui, si ses souvenirs étaient bons, avait des faux airs de Simca Vedette, la couleur de la carrosserie étant évidemment toujours la même... Depuis l'obtention de son permis de conduire, et à chaque fois qu'il était question de changer de voiture, Alan écartait toute éventualité de rouler avec un véhicule rouge, curieusement.

Dans un autre coin de la pièce, un buffet breton à deux corps, celui qui renferme tous les ingrédients du petit déjeuner. Il en ouvre les immenses portes et se sent assailli par un mélange d'odeurs, celle du gros pain qui se garde toute une semaine, un peu rassis sur la fin et terriblement élastique, celle aussi du chocolat en poudre qui embaumait chaque petit déjeuner de vacances, puis surtout celle du bois ciré et reciré. Il retrouve également les arômes du café et de la chicorée, mais aussi de superbes pots de confitures en verre très épais et recouverts d'un carré de tissu Vichy. Rien ne manque dans cette cuisine : le moulin à café en bois, les louches et écumoires en alu, les boîtes en fer de toutes marques, les paniers à salade, à fruits ou à oeufs en fil de fer, les boîtes à sel et à allumettes, bien arrimées au mur près de la cuisinière, sans oublier les multiples cafetières, pots et bidons à lait, porte-bouteilles en fer, et le clou du spectacle, accrochée à l'énorme poutre centrale, la lampe-suspension en porcelaine blanche réglable en hauteur... un vrai paradis pour chineur !

Il pose son manteau et trouve dans le cellier bien frais, toujours en terre battue, une prometteuse bouteille d'un Cru Bourgeois de Bordeaux, 1986 en plus. Ce n'est pas très local, mais un verre de bon vin était le bienvenu. Il continue ses recherches, en quête d'une boîte de pâté, il y en a toujours eu ici, de toutes les tailles. Bingo ! Le grand modèle, juste derrière un bocal maison de cornichons. Du pain, Il en avait acheté dans le bourg en revenant, comme par réflexe. Il avait donc tous les prétextes pour s'installer un moment dans cette pièce chargée d'histoire.

Ce petit en-cas bien traditionnel sur la table de la cuisine était un petit moment de bonheur simple. Alan a laissé la porte qui donne sur l'extérieur ouverte, malgré la température assez basse, car il aime bien voir le jardin en étant à cette table. Tout seul, on s'autorise ce genre de truc, quitte à manger avec son manteau, quitte à faire un sort à cet excellent Bordeaux ! Comble du réchauffement, il a également trouvé de quoi se faire un bon café, qu'il va boire sur la jolie terrasse en pierres plates, en scrutant les arbres alentours qui avaient énormément grandi depuis son enfance. Il poursuit ensuite sa visite solitaire et silencieuse, le crachin qui persiste dehors n'émettant aucun bruit. Il passe rapidement par l'immense salle à manger, meublée très sombre et dont le contenu lui est presque indifférent. Ce genre de pièce n'est agréable que si elle est pleine de vie, ce qui est l'antithèse du jour ! Il se retrouve donc dans le salon, les deux fauteuils "club" en cuir toujours impeccablement tournés vers la colossale cheminée du dix-septième en pierres de taille. Un petit guéridon bas ose s'interposer, portant une magnifique cave à cigares en bois précieux. C'est donc ça, cette odeur qui est mêlée à celle de la légère humidité... un dernier cigare fumé par son père avant de reprendre la route pour Paris lors de leur dernier passage ici, sans doute. Il y a d'ailleurs le "Côté-Ouest" de août-septembre, négligemment jeté sur l'un des fauteuils. Le reste du mobilier est recouvert de draps blancs.

Alan se rend maintenant compte que cette maison est réellement différente en cette saison. Il ne la connaissait que de Pâques à la rentrée scolaire, l'automne et l'hiver étant propices à d'autres destinations que cette "fin de terre". Au moment où il retourne vers la cuisine pour emprunter l'escalier qui mène à l'étage, il entend une voiture s'arrêter. Ses parents ont donc terminé les multiples démarches administratives inhérentes à ce genre d'évènement. Il était convenu qu'ils se retrouvent ici, et il est finalement soulagé de ne plus y être seul. Du coup, après quelques commentaires sur la funeste cérémonie et les gens qui étaient venus y assister, ils continuent ensemble la tournée d'inspection des lieux, en allant directement à l'étage. Tous les volets étant clos, une faible lumière tente de s'infiltrer dans chacune des cinq chambres. Celle des grand-parents est restée intacte : lit breton, mais pas clos, grande armoire, deux fauteuils type bergère Louis XV, table de toilette surmontée d'un miroir ovale. Les murs gris étaient d'un triste profond, et je comprends à cet instant que personne n'ait osé l'occuper jusqu'alors. Un grand souffle de printemps sera nécessaire pour cette pièce, lourdement sombre. Mais il y a du potentiel pour en faire une jolie suite, une salle de bains défraîchie mais confortable donnant directement dans la chambre, et l'imposante porte-fenêtre en face du lit s'ouvrant sur un adorable balcon-terrasse en bois.

Les autres chambres, Alan les connait mieux : celle de ses parents, la jaune, celle de son oncle et de sa tante, la verte, celle de ses cousins, la ocre, puis la sienne, la bleue. Toutes avaient été aménagées sommairement au fil de l'agrandissement de la famille, avec des meubles de récupération, ou ceux dont chacun ne voulait plus. La palme revient à celle de ses cousins, kitsch au possible tant elle recèle de lampes, chevets, réveils, hifi et autres posters des fulgurantes années soixante-dix. On l'appelle la chambre ocre, mais elle pourrait s'appeler "pop", tant elle vire sur le orange, parfaitement adapté à sa déco néo-futuriste.

Tous trois décident de ne pas s'aventurer au grenier, un équipement vestimentaire beaucoup moins vulnérable étant nécessaire. C'est le genre d'expédition propre au printemps, avec tenue de combat et grand feu dehors. Car pour s'y retrouver, il faudrait sûrement commencer par faire du vide.

Le jour décline sérieusement, Alan passe donc au salon pour allumer un bon feu de cheminée. Au-dessus de celle-ci, la pendule second empire, qui ne demande que quelques tours de clé deux fois par an, indiquait 17h45. Sa montre confirme la bonne santé de l'ancestrale pendule.

Alan déteste l'hiver et lui trouve même un côté pénible, qui l'oblige à lutter contre trop d'inconvénients : le froid, l'humidité, mais surtout la nuit qui tombe beaucoup trop tôt. Il convient que c'est sympa au moment des fêtes de fin d'année, car les illuminations scintillent plus longtemps, mais cet avantage ne pesait rien dans sa balance. Il préfère de loin une nuit d'été pour s'asseoir au pied d'un arbre et regarder le ciel étoilé, la lune, sentir l'odeur enveloppante de la terre chaude et légèrement humide, le parfum des blés, le léger bruissement qu'ils font lorsqu'ils sont caressés par un souffle de vent chaud. Si en plus une chouette hulule et un ver luisant scintille, c'est l'excellence !

La mère d'Alan, qui est diplômée en matière de cuisine mais qui néanmoins a fait carrière dans l'informatique, a concocté un plateau repas en moins de deux. Elle a cette facilité à improviser un petit diner vraiment sympa en utilisant tout ce qu'elle trouve dans la cuisine. Autour du feu, ils écrivent ensemble les premières lignes de la renaissance du domaine finistérien, le Kergwazh, ce qui signifie la maison du ruisseau, évidemment en lien avec celui qui longe la propriété et qui serpente jusqu'à l'Odet, en toile de fond, tout en faisant chanter les cailloux de granit constellés de lichen ocre.

Chapitre 3

Dans la vie de tous les jours, Alan habite à Paris, dans le quinzième arrondissement. Il a grandi à Boulogne-Billancourt, dans un appartement. Cela ne le dérange donc pas aujourd'hui de vivre entre deux strates d'habitants, d'autant qu'il affectionne ces immeubles de la première moitié du vingtième siècle, dont les halls d'entrée rivalisaient de coquetterie et de grandeur.

Il sort donc de son immeuble de l'avenue Emile Zola pour aller s'engouffrer dans la station de métro du même nom, en toute hâte, car la météo est hostile. Mois de mars, averses à répétition, une humidité latente qui vous transperce, un filet d'air frais qui finit de vous congeler. Le printemps approche mais l'hiver ne semble pas vouloir décrocher.

Ce mauvais temps n'arrange pas Alan, qui doit visiter une maison pendant la pause déjeuner, et ce n'est pas la configuration idéale pour se faire une idée positive. En finissant son café, il relit le mail reçu la veille : "suite succession, maison à vendre sur Louveciennes, fin XIXème, environ 250 mètres habitables et un demi hectare de terrain. Tout est à refaire, n'a pas été habitée depuis 1944. Va voir, ça sent le plan pas commun. Affaire du siècle ou plan moisi ?... Bises, Nico".

En sortant du métro, à la station Pont-de-Saint-Cloud, Alan appelle Nicolas, trop impatient d'en savoir plus sur cette piste à peine croyable. Tous ses amis le savent, il cherche activement une maison depuis quelques mois, au moins pour aller se mettre au vert dès que le week-end s'annonce beau, car prendre le soleil sur une terrasse de café, avec le bruit des bus et l'odeur du bitume, c'est évidemment moins glamour que dans le jardin d'une maison de campagne. Et en effet, son copain Nico confirme, le notaire qui lui a donné le tuyau est fiable et à fortiori le seul sur l'affaire.

La matinée file à Très Grande Vitesse, car c'est la première de la semaine et elle est consacrée à la programmation de tout ce qui doit être traité durant les cinq jours. Alan est le dirigeant d'une petite agence de communication, installée dans les bureaux de la Colline, à Saint-Cloud. De son bureau, on voit le parc et la Seine, c'était sa volonté depuis toujours de travailler ici. Il n'y a pas d'explication logique, il s'y sent bien, de la même manière qu'il ressent régulièrememt le besoin de se balader à pied dans Boulogne, dans le quartier où il habitait enfant, il ne se l'explique pas, c'est un ressenti.

En fin de matinée, il finit son café dans l'ascenseur qui le mène au parking et s'installe rapidement dans sa voiture. Tout en veillant aux dangers signalés sur Coyote, il doit faire tourner à bon rythme son moulin à sans-plomb pour espérer arriver dans les temps au rendez-vous avec le notaire.

Quelques vingt cinq minutes plus tard, il s'engage dans une allée bordée d'immenses platanes et s'arrête devant un grand portail en fer forgé, rouillé, penché, tâché par des années de dépôts verdâtres. Un homme attend déjà devant. Il descend pour se présenter et c'est effectivement ledit notaire qui se propose de lui faire visiter les lieux. Les deux hommes empruntent un petit portillon, à gauche en longeant l'immense mur d'enceinte, le portail sus-mentionné étant sorti de ses gonds. La propriété commence par une partie très boisée, la petite allée venant du portillon passe entre de grands arbres de toutes espèces et rejoint l'allée centrale, bien plus large. Après quelques enjambées, Alan aperçoit le côté gauche de la bâtisse, à peine masqué par un énorme, mais alors vraiment gigantesque marronnier. Il contourne l'angle et arrive sur la facade, recouverte d'un simple enduit blanc-gris. Devant, une terrasse constituées de grandes dalles un peu usées, des balustres en pierre blanche et un grand espace en herbe, plutôt haute, sans doute une ex-pelouse qui a mal tourné.

Le notaire ouvre la double-porte d'entrée, Alan le suit pour découvrir une entrée magistrale, dallée de carreaux blancs alternés de cabochons noirs, avec deux portes à double battant de chaque côté et un colossal escalier central en pierres de taille. A gauche, une immense salle à manger, encore meublée d'une table digne d'une pub pour de la cire en bombe. Derrière, une véritable cuisine de château avec une cuisinière fabriquée dans la pierre du mur, recouverte de terres cuites blanches et bleues, une grande cheminée dotée d'un incroyable mécanisme de rôtisserie, et un puits dans l'arrière-cuisine. A droite de l'entrée, un salon identique à la salle à manger, avec boiseries aux murs, pâtisseries au plafond et tommettes au sol. Symétrique à la cuisine et adossée au salon, une bibliothèque sombre et poussiéreuse, mais encore rayonnée de tous ses ouvrages.

En fait de maison, il s'agit plutôt d'un manoir. Et nous sommes à des années lumière du cahier des charges que s'était fixé Alan. Il monte rapidement à l'étage, devinant par avance le type de pièces et de mobilier. Le superbe parquet craque à souhait, les murs sont boisés à mi-hauteur et peints en blanc ou gris très clair. C'est en entrant dans la plus grande chambre que son élan est coupé par la surprise : le lit est en partie défait, comme si quelqu'un venait d'en rabattre le dessus pour se lever. Un livre est posé là, sur la table de nuit, ouvert et retourné. Dans la salle de bains qui jouxte cette chambre, rien n'est rangé non plus, comme si on s'était préparé à la hâte pour quitter les lieux ce matin-même. Serviettes de bain, rasoir, flacons de lotions diverses étaient encore éparpillés. Seulement, tous ces objets ont perdu leurs couleurs après plus de soixante-dix années d'abandon à la poussière. Un peu abasourdi par cette vision, donnant aux lieux une étrange atmosphère, il redescend l'escalier pour retrouver le notaire. En voyant son expression préoccupée, il lui dit aussitôt :

- A vous aussi, ça vous a fait cet effet, cette maison qui parait subitement abandonnée... Il y a des visiteurs que ça effraie même, comme s'ils avaient rencontré un fantôme.

- Je n'irai pas jusque-là, mais cela surprend ! Elle n'a pas été habitée depuis 1944, c'est bien cela ?

- Absolument. La propriétaire, et son père à l'époque, ont dû prendre la poudre d'escampette. Depuis, elle n'est jamais revenue. Son décès remonte à environ trois mois.

- Pas d'héritier ?

- Ni mari, ni enfant, ni famille. Juste une dernière volonté, qui nous est inconnue puisqu'elle destine simplement un petit paquet cacheté à celui ou celle qui deviendra le nouveau maître des lieux.

Chapitre 4

Toutes les fois où il arrive dans son Finistère, Alan se livre invariablement à un petit rituel : il roule jusqu'à Bénodet, emprunte la route de la Corniche et s'arrête devant ce marchand d'articles de plage qu'il a si souvent fréquenté lorsqu'il était petit. Quelques pas sous les immenses pins et c'est le grand spectacle : les cabines, le sable... la mer ! Il la contemple quelques instants puis son regard fait le tour, juste pour voir si rien n'a bougé. La maison en pierres de la pointe a résisté aux affronts de l'hiver, les palmiers du casino semblent apprécier le climat sud-breton et le petit port de Sainte-Marine est toujours en face. Ce qui lui importe avant tout, c'est voir et surtout entendre la mer. Ce matin, elle est très calme, laissant filtrer de légers clapots à chaque petite vaguelette qui vient caresser le sable, un bruissement subtil qui, associé à l'odeur de l'iode et des algues, le renvoie à une foultitude de souvenirs d'enfance.

C'était l'été, la plage lui paraissait bien plus grande, tout comme son bateau pneumatique jaune et bleu. Il était suréquipé : seau, pelle, râteau, tamis, ballon, petites voitures mais grosses comme deux fois la main, car le sable est le piège des Majorettes, trop petites pour ne pas être régulièrement enfouies et perdues. Avec son père, ils décidaient souvent de creuser le plus grand tunnel, ou le plus beau château de sable du monde, cela dépendait des jours. Le rythme était régulier pendant ces après-midi de vacances à la mer : digestion obligatoire, bain, bateau, travaux publics et re-bain pour se débarrasser du kilo de sable accumulé pendant les constructions. La fin du chantier était signalée par la lumière particulière des fins de journée à la plage : les contrastes augmentent, les ombres s'allongent, le sable se fonce, le bleu de la mer reprend ses droits et les peaux prennent une teinte dorée. C'était l'heure des crêpes et du cidre, enfin plutôt du jus de pomme pour le petit Alan, à l'époque !

Il réouvre les yeux, après ce flash-back furtif. Juste en face de lui, une jeune femme s'essaie à la marche dans l'eau, les baskets à la main, le jean's retroussé jusqu'aux mollets. Il l'observe pour essayer de lire des informations sur la température de l'eau. Et à son expression, il devine que le bain de mer ne sera pas pour tout de suite. Il faut dire que nous ne sommes qu'en avril et ne s'aventurent, dans les quatorze degrés de l'eau, que les juniors ou les séniors ; entre les deux, personne ! Les enfants se moquent du froid, du moment qu'ils sont dans l'eau ; les personnes âgées font des longueurs pour rattraper leurs cellules disparues ; les autres regardent, admirent... en frissonnant ! Il va se chercher un grand café chez Fanch' et s'installe sur le petit muret en pierre, devant les cabines. Une fois rassasié de cette vision de la plage, rassuré par cet univers enveloppant, il repense plus en détail à sa visite de la maison de Louveciennes. Il revit cette étrange sensation, la découverte d'un endroit fantomatique, où le temps semble s'être arrêté. Puis il se remémore les détails de chaque pièce et comprends que cette demeure, avec en prime une histoire, est en train d'exciter sa curiosité. Il retournera la visiter en rentrant ! Voilà, il a son projet d'après-vacances, celui qui rendra moins pénible le fait de rentrer.

Mine de rien, Alan est échoué sur son muret depuis déjà une heure, à contempler la mer, puis à passer à autre chose, sans la voir, tout en sachant qu'elle est là. Sa douce musique rassure. Il dit, à chaque fois, qu'il passe "vite fait" à Bénodet, mais il y reste des heures. Prendre le temps, un nouveau concept qu'il ne maîtrise pas encore à la perfection, mais cet endroit lui permet de se familiariser avec cette autre approche de la vie.

Les trois jours suivants, Alan et ses parents prennent d'assaut le domaine de Kergwazh et viennent enfin à bout des caprices hivernaux du jardin : feuilles mortes, branches cassées, haies folles, pelouse moussue. Tout est maintenant en ordre et la lumière de ce nouveau matin de printemps met en valeur leur travail de titans. Cette même lumière qui a fixé son premier souvenir et qui lui fait penser que le bateau bicolore, le "Kergoat", doit toujours être ici, dans une partie de l'immense dépendance. Celle-ci est ornée, sur la façade, de six doubles-portes en forme d'ogives, si immenses qu'en les transformant en portes-fenêtres, cela deviendrait une superbe orangeraie. Ils entrent toujours par la même, la deuxième porte, qui leur permet d'accéder aux affaires de plage et au mobilier de jardin, le reste de l'espace est occupé par des montagnes d'on ne sait quoi, recouvertes de toile marine, ultra-poussiéreuse. Ce serait intéressant de découvrir des trésors cachés, mais il faut d'abord retrouver les cinq autres grosses clés, car chaque porte a une serrure différente.

Ses parents étant en balade dans la famille aujourd'hui, ils ne peuvent donc pas renseigner leur fils sur le mystérieux contenu de cette grange. Après tout tant mieux, il décide d'entamer seul cette chasse aux trésors. Il file droit sur le secrétaire de l'entrée de la maison et ses moultes petits tiroirs et autres cachettes secrètes, pour enfin tomber sur cet énorme trousseau de six grandes clés. La chasse est ouverte !

Alan ouvre la première porte monumentale, accompagné d'un grincement émis pas les gonds qui se réveillent brutalement après des années de léthargie. Sous une toile bordeaux délavé, la coque carmin et ivoire du bateau, son petit moteur au design bien rétro posé à côté, le long du mur. A première vue, aucune chance qu'il ne fonctionne encore. Il se redresse, prend du recul et ressent une satisfaction immense en retrouvant, pour de vrai et autrement que dans ses souvenirs, ce si joli canot en bois. Sa remise en service prendra certainement du temps, mais il s'en fait la promesse derechef. Il lâche ensuite la bâche et passe à la dernière porte, la sixième. Oui, pourquoi les ouvrir dans l'ordre, c'est conventionnel ! Et puis c'est souvent dans le fond des granges que se cachent les trésors. La serrure fait son office sans effort, dans un claquement métallique parfait, et sa mémoire tilte également : un petit morceau de toile est resté relevé et il aperçoit aussitôt un feu arrière de voiture bien familier, celui de la Dauphine de son enfance, la première voiture qu'il ait conduit, sur les genoux de son père ! Son émotion est grande, car il pensait qu'elle avait été sortie d'ici depuis longtemps, direction la casse, n'ayant pas tourné depuis des lustres.

Lorsque Alan et ses parents arrivaient pour les vacances, ses grand-parents les accueillaient, puis il se précipitait sur le tableau de clés, accroché dans l'entrée de la maison, pour essayer de saisir celles de l'épave. Sa grand-mère lui décrochait le petit trousseau sereinement, avec un léger sourire, sachant très bien que rien ne pouvait lui faire plus plaisir. Après s'être rué dans la dépendance, il déverrouillait délicatement la porte conducteur avec cette minuscule clé, type boîte-aux-lettres, puis il s'installait au volant, avec l'autre clé en position contact, pour des heures de pilotage imaginaire. A l'époque, elle était derrière la troisième porte, et tournée vers l'extérieur. Puis un été, peut-être celui de ses quatre ou cinq ans, il découvrit qu'il n'y avait plus "sa Dauphine". Grosse déception, qui avait été atténuée en toute hâte par l'achat d'une voiture à pédales... la fameuse !

A cet instant, Alan se sent comblé par ces découvertes et en même temps préoccupé par ces deux nouvelles missions : le bateau et la voiture à faire revivre. C'est une évidence, il ne peut pas laisser ces deux icônes de son enfance continuer à dépérir dans l'oubli et la poussière. Mais cela alourdit considérablement le planning des mois à venir, au vu de l'ampleur des chantiers.

L'ouverture des autres portes s'avère moins spectaculaire puisqu'on y trouve un énorme stock de bois pour les cheminées, le tracteur pour la pelouse, des outils de jardin, du matériel de pêche et un vieux réfrigérateur, avec une porte bombée et une énorme poignée. Il date certainement des années quarante, comme le buffet de la cuisine qu'il devait côtoyer à l'époque.

En bon entrepreneur, Alan a appris très rapidement qu'il ne fallait jamais s'éparpiller. Il referme donc toutes les portes de la dépendance, à l'exception de celle du bateau, sur lequel il décide de se concentrer pour commencer. Après un bon coup de jet, le Kergoat reprend ses couleurs, encore éclatantes. Il avait probablement été repeint avant son dernier hivernage. De fait, l'impatience le gagne et il passe à l'examen du moteur, démonte le capot et essaye de diagnostiquer son état. Seulement voilà, un moteur hors bord de bateau ne ressemble en rien à un moteur de voiture, c'est compact et spécifique. N'ayant aucune connaissance sur le sujet, l'impatient jeune homme se résigne à laisser ce sujet à un professionnel. Il charge donc le pesant objet à l'arrière de sa voiture et replace le canot dans la dépendance, en prenant soin de bien le recouvrir avec de la toile.

Cela faisait tellement longtemps qu'il n'avait pas vécu le charme des vacances de Pâques en Bretagne. Les premières années de vie active acharnées font que l'on brûle souvent l'étape des vacances, même d'été. Mais cette année, Alan est bien décidé à

prendre du bon temps, souffler un peu, profiter de tous ces petits moments paisibles, comme cette fin de journée sur la terrasse du café du port de Sainte-Marine. Il fait encore presque chaud, le pull qu'il avait emporté n'est pas encore sur ses épaules. Il remplit ses yeux de ces lumières chatoyantes et franches à la fois, respire le parfum iodé qui flotte. Il observe également du coin de l'oeil les personnages qui animent ce port, un mélange de pêcheurs locaux en vareuse, de retraités fidèles au poste et à leur casquette bleu marine, de courageuses Bigoudènes qui marchent appuyées sur le guidon de leur bicyclette, et de vacanciers parisiens qui ont déjà osé le bermuda et les impeccables Docksides, revenant du port de plaisance avec des tonnes de matériel. Alan se dit qu'il en est un, de parisien, et qu'il ne devrait pas juger. Seulement, devant lui, un spécimen vient taquiner sa curiosité. Il a tellement fait l'effort d'acheter des vêtements bretons pour essayer de se fondre dans le décor qu'on ne voit que lui, à la manière des Dupond-Dupont de Tintin en voyage incognito. Les rayures de sa marinière sont plus "fluo" qu'une bouée de sauvetage. Pas étonnant que les locaux se moquent des franciliens lorsqu'ils arrivent en vacances ! Voyant cette scène, Yann rejoint Alan pour commenter le fait-divers. C'est le boss du café du port, célèbre pour son apéritif maison accompagné de langoustines fraîches sur lit de tapenade. Il faut préciser qu'il a le vrai look du skippeur, mais aussi un léger accent du Sud, ce qui explique la tapenade, et peut-être même la petite pointe d'anis qu'Alan a cru déceler dans son apéritif secret !
- Oh, tu sais que j'ai fait un cartong avec le "mazout", l'été dernier ! (Si vous aviez la bande son, vous pourriez entendre que ça choque, un skippeur qui dit "cartong" ou "putaing").
- Le "mazout", c'est-à-dire mon ami ?
- Le pastis avec du cola. Un malheur, que je te dis. Tous tes potes parisiengs, y se jetaient dessus. Mais alors les casquettes qu'ils se payaient le lendemain, fallait voir ! Ces fadas, ils allaient se

bâfrer de crêpes et de cidre après. Mort de rire !
- Naan ?! Tu me fais goûter ?
- Eh ouais, si tu veux. Je revienggg.

Absolument atypique, le Yann ! Il est décalé, mais bien droit dans son décor, assumant son accent et offrant aux clients des instants de vie inoubliables, chargés d'humour, de vérité, de sensibilité et surtout de bonne légèreté. Alan goûte son concentré de gasoil, et la grimace qui s'ensuit exprime de suite son appréciation. Il lui retend le verre, d'un air crispé.
- Salaud ! C'est abominable ton truc.
- Ah, putaing, t'es pas un vrai parisieng, toi !
- Eh, je sais, je suis à moitié d'ici, moi.
- Et l'autre moitié ?
- C'est comme ton apéro, top secret !
- Couillong !

Et sur ces bonnes paroles, il quitte cet ami fidèle pour en rejoindre d'autres, en face, à Bénodet, pour un copieux dîner de retrouvailles. Il en profite pour déposer le moteur chez un spécialiste, sur le port de plaisance. Un peu dubitatif au départ, en découvrant le look, certes charmant mais désuet, de ce petit moteur, le gérant de l'établissement lui promet de faire de son mieux pour réveiller cette mécanique d'ici l'été, mais avec cette classique réserve : "si on arrive à avoir les pièces".

Depuis six heures du matin, Alan s'acharne à tenter de ranger la dépendance, façon tornade blanche de printemps ! Il a commencé avec les lumières du bâtiment, de grosses suspensions d'atelier émaillées. Puis vers huit heures, Il a pu enfin profiter de celle du soleil. Car ici, dans le Finistère, il fait jour un peu plus tard, peut-être une demi-heure après Paris. On ressent vraiment le décalage quand on ne vit pas ici. L'avantage à cela, c'est qu'il fait nuit plus tard aussi, et entre fin mai et fin juillet, on peut manger dehors sans lumière jusqu'à « moins le quart » ! Le but du jeu aujourd'hui, c'est de rendre cette grange accessible et utilisable. Après avoir sorti l'essentiel de l'inutile, il allume un feu, un peu plus bas vers l'étang. Une vieille brouette en bois lui sert de navette et il doit faire une bonne vingtaine d'aller-retours avant d'y voir plus clair. Il peux enfin sortir la Dauphine. La voici sous les feux du soleil, encore ternie par une impressionnante couche de poussière. Alan déroule le jet d'eau puis commence le toilettage de cette charmante petite voiture populaire des années soixante. Sous la pression, le bleu ciel d'origine refait surface. Le constat est encourageant : un bon coup de polish sera suffisant pour lui redonner de l'éclat. Etant donné qu'elle est restée au sec, à l'abri de la pluie, du vent, de l'humidité, elle ne comporte aucune trace de rouille. Il ouvre les portes et remarque que l'intérieur est poussiéreux certes, mais en très bon état. Il restera donc la mécanique à ressusciter, un sujet pour l'été à venir par exemple.

Peu avant midi, le père d'Alan vient voir ce qu'il fabrique depuis l'aube et reste assez bluffé par l'ordre qui règne désormais en ces lieux. Il fait lentement le tour de la Dauphine, caressant même le capot avant, comme s'il retrouvait une vieille copine.
- Sais-tu que c'était ma première voiture ?
- C'était celle-ci, sérieux ?
- Mais oui ! Je l'ai achetée d'occasion chez Renault, à Billancourt après avoir obtenu mon permis, en 1967. C'était une Ondine d'ailleurs, le haut de gamme de la Dauphine, avec une boîte à quatre vitesses. Je roulais compteur bloqué avec ça.

Alors compteur bloqué, cela voulait dire l'aiguille à fond, qui indiquait 130 km/h, mais avec une vitesse réelle de 115 km/h pour cette auto. Au travers de cette anecdote, le jeune homme comprend qu'on en apprend encore et toujours, même après trente ans. Et en effet, il remarque seulement maintenant un logo qui précise "Ondine" sur le capot arrière. Ils la poussent ensemble pour la remettre à l'abri dans la dépendance, et la protègent avec de la toile, comme pour le bateau. Ils conviennent ensuite qu'une remise en route du moteur nécessite une procédure qui se prépare et qu'ils feraient ça plutôt en été. Ce qui leur laisse du temps pour commander des pièces, et notamment des pneus neufs, peut-être à flancs blancs tiens, ça pourrait être sympa. Le paternel se remémore que lorsqu'il l'avait laissée ici, pour la remplacer par une rutilante Renault 16, l'embrayage était au bout du rouleau. Il faut donc ajouter ce détail à la liste.

Le déjeuner les appelle, la maman aussi, alors il faut rejoindre la terrasse où les attend une délicieuse odeur de feu de bois. Juste à côté du gril d'été, une splendide côte de boeuf, rouge foncé comme il se doit, prête à bronzer. C'est leur dernier déjeuner de ces vacances de Pâques, car ce soir tout le monde repart. Déjà une semaine passée, à la vitesse supersonique, mais le bilan est positif : la maison revit, le jardin resplendit, le canot voguera cet été, ils ont de la Bretagne plein les yeux, le bruit des vagues plein la tête.

L'été prochain, ils en parlent déjà tout en trempant le gâteau breton dans leur café : il y a encore bien des projets, la voiture à ressusciter, le jardin à maîtriser, la grande chambre à refaire, mais surtout profiter des longues soirées, de la mer, de la douceur de vivre ici et de toutes les scènes de vie typiquement "Ouest" qui se livrent chaque jour, à chaque coin de bourg et dont Alan est si friand.

Chapitre 5

Nathalie tourne l'énorme clé dans la porte de son bureau pour la dernière fois. Elle lance un regard triste et glacial à la fois vers l'atelier, juste à côté, totalement vidé de son contenu. Plus une seule table de découpe, plus un seul rayonnage. La miroiterie n'en est plus une, juste un local abandonné du quinzième arrondissement de Paris, livré à la merci d'un promoteur qui vient pilonner ces vieux bâtiments au charme fou pour empiler une bonne trentaine d'appartements à la place.

Cette entreprise est une affaire de famille, établie dans ce quartier depuis le début du vingtième siècle. Sa mère et son père y avaient travaillé toute leur carrière, elle l'avait reçue en héritage alors qu'elle se destinait plutôt au commerce international. Nathalie presse le pas, en sortant du porche de l'immeuble, car il lui faut maintenant faire l'état des lieux du nouveau local, à l'autre bout de l'arrondissement. Il se situe le long de la voie ferrée qui mène à Montparnasse, dans une partie du sous-sol d'un énorme immeuble. Pendant son trajet dans le métro, elle pèse les avantages de ce nouvel atelier, plus spacieux, dans lequel on peut entrer de plus gros véhicules. On y accède d'ailleurs plus facilement que dans la très étroite rue Gutenberg, où il était parfois difficile de manoeuvrer, même avec une petite Estafette. En revanche, il lui fallait un effort d'imagination considérable pour se projeter dans les nouveaux bureaux, sans fenêtre, ressemblant pour le moment à un algeco que l'on aurait posé dans un parking souterrain. Pour se donner du courage, elle chante dans sa tête une chanson de Souchon, qui dit qu'on n'a pas assez d'essence pour faire la route dans l'autre sens, qu'il faut qu'on avance.

Deux heures plus tard, nouveau bail et nouvelles clés en poche, la jeune femme éprouve l'envie de faire un peu de shopping avant de rentrer chez elle. Un coup d'oeil sur le plan de métro, car il lui faut se repérer sur ce nouveau trajet. Et elle descend à la Motte-Piquet, afin d'entamer la rue du Commerce depuis son extrémité, et surtout avec la ferme intention de l'arpenter sur toute sa longueur. Après être sortie de la rame, elle descend l'escalier d'un pas plutôt lent et son regard est accroché par la silhouette d'un homme qui monte le même escalier, dans l'autre sens. Aucun doute, c'est lui. Elle lui attrape le poignet, pour le stopper dans son élan, et cela fonctionne. Il s'arrête net, relève la tête, surpris. Puis la seconde suivante, son visage s'illumine :
- Nathalie ?
- Oui c'est ça, c'est bien moi !

Ils s'embrassèrent timidement d'abord, puis se donnèrent une longue accolade ensuite, plantés tous deux en plein milieu d'un escalier de métro, d'une station charnière et plutôt fréquentée de surcroît. Mais peu importe, le décor peut s'écrouler, ils sont tellement étonnés et heureux de se retrouver.

Alan est particulièrement surpris par cette rencontre, mais néanmoins ravi ! Ils descendent finalement l'escalier ensemble. Lui, abandonnant toute destination prévue ; elle, proposant d'aller boire un verre au premier café qui se présente, oubliant son objectif shopping. C'est donc à une table en terrasse, au Café Primerose, qu'ils ouvrent ensemble leurs albums de vie, depuis qu'ils s'étaient perdus de vue.

C'était à Boulogne, au Lycée Notre Dame, en classe de Première, qu'Alan entamait une nouvelle année et découvrait ses nouveaux camarades de classe, en ce mois de septembre. Tous ses potes étaient en B ou en S, mais il avait été sélectionné pour aller en section technique, tel un heureux élu du repêchage de fin de Seconde difficile. Il acceptait bien ce nouveau chemin et avait la ferme intention de montrer qu'il avait du potentiel dans cette spécialisation. Et puis il était toujours dans le même lycée, il pouvait retrouver ses copains de l'année dernière à la pause déj' ou en récré. Juste derrière lui, à peu près au milieu de la salle de classe, se tenait une jeune fille châtain clair aux cheveux mi-longs, mâchoire carrée et bouche assez basse, yeux noisette foncé, un regard lumineux et agréable. Elle était nouvelle dans ce lycée et se prénommait Nathalie.

Pendant tout le premier trimestre, ils étaient voisins de classe, mais sans affinité particulière. Il se retournait de temps en temps, lorsqu'il avait besoin d'une feuille ou si elle le sollicitait pour un sujet qu'elle ne comprenait pas. Il était super fort en techniques de gestion et elle utilisait volontiers cette ressource. Le conseil de classe avait eu lieu et le verdict était tombé : Alan était le premier de sa classe et avait obtenu les encouragements, avec un petit rappel à la discipline, ce qui l'avait privé des félicitations. Il aimait bien taquiner certains profs, avec humour, ce qui faisait rire Nathalie, très souvent ! Elle le trouvait vraiment drôle. Lui, de son côté, s'était trouvé un bon complice dans le rang de devant, Christophe. Toute occasion de rire était exploitée, sous la haute validation de Rabelais, étudié l'année précédente en français. Alan entendait son rire, derrière lui, il était chaque fois satisfait de l'effet que son humour produisait sur sa charmante voisine. De plus en plus à l'aise avec ce double statut, premier de la classe mais déconneur aussi, il avait pris en assurance et remarquait cette attention grandissante de la part de Nathalie.

A la fin du second trimestre, même sentence : premier de la classe, mêmes encouragements, même remarque sur les prises de parole en cours. Pendant ce temps, son nouveau pote Christophe organisait une soirée sur une péniche, amarrée tout près, au pied du Pont de Saint-Cloud. Sans se poser de question, Alan invita Nathalie à cette soirée-péniche, pensant essuyer un refus. Elle accepta tout de suite.

C'était un vendredi soir de fin avril, le vingt-cinq exactement, le temps était doux, l'ambiance parfaite. Nathalie était bien au rendez-vous, sur la péniche, lorsque Alan arriva. Ils retrouvèrent pas mal de copains du lycée, firent connaissance avec d'autres venus d'ailleurs. Christophe mixait, il avait de super disques et n'hésitait pas à balancer du Gilberto Gill au milieu de la pop new-wave, en vogue à l'époque. Ils dansaient, rigolaient, buvaient un verre de temps en temps, pour se rafraîchir essentiellement. Les autres camarades de classe voyaient bien qu'il y avait un rapprochement qui s'opérait. Alan ne voyait aucune autre fille, il était aveugle et le charme avait opéré, enfin. C'est ce que Nathalie pensait, en constatant avec une certaine satisfaction qu'il ne regardait qu'elle ce soir-là. Ils descendirent de la péniche pour raccompagner un couple de copains, qui venaient de la classe d'en face, en Terminale. Puis Nathalie et Alan se posèrent quelques instant sur un muret, le long du quai. Il se tourna vers elle et déposa sur sa joue gauche un baiser. Elle tourna aussitôt la tête, souriante, puis l'avança doucement vers lui. Ils s'embrassaient enfin, comme si l'ultime but de la soirée était cette réalisation, ce passage de cap. Puis, se tenant la main, comme ayant déclaré officiellement un nouvel état, ils remontèrent à bord de la péniche. Et bien évidemment, les réactions ne se firent pas attendre : des pouces levés, des imitations brèves d'applaudissements. Elle souriait. Il était aux anges. Il ne l'avait pas réalisé jusque là, mais il était fou d'elle.

Ce moment de bonheur flottant dura un mois. Le temps de se retrouver un jour férié dans Paris, d'aller au cinema un vendredi après les cours, de partir tout un week-end en Normandie chez les grand-parents d'Alan, puis tout un autre chez ses parents à elle, dans leur maison de campagne. C'est pendant ce week-end-là que tout a basculé. Elle devint tout-à-coup distante, ignorante même les derniers instants. De retour en cours le lundi matin, Alan sentit la tendance se confirmer lorsqu'elle esquiva le baiser du bonjour. Il lui écrivit un petit mot sur un morceau de copie simple grands carreaux perforée, il voulait savoir, comprendre, parler. Elle lui glissa une réponse le lendemain, sur une copie identique, mais entière. Elle avait pris le temps la veille de lui rédiger les raisons de cet abandon : "je n'ai pas de sentiments pour toi". Il échangea avec Christophe sur le sujet, pendant la récréation de dix heures vingt. Comme chaque jour, ils allaient se planquer sous l'abri à vélos et mobylettes, pour fumer une cigarette loin du regard du surveillant. Ce pote mettait tout en œuvre pour rassurer Alan, lui proposant même d'aller discuter avec la jeune criminelle.

Le monde s'était littéralement effondré et les journées d'Alan étaient passées de joyeuses et ensoleillées à tristes et sombres. Toujours aussi terrassé par son destin, le jeudi soir, il rentrait dans l'appart familial, ses parents regardaient la télé.
- Ah cool, c'est Coluche l'invité ! S'exclama Alan, en posant son casque, trop content de tomber sur un divertissement dans cette semaine en enfer.

Mais sa mère le coupa tristement pour lui annoncer qu'il était mort le jour-même, en moto. Quel mois de juin de merde ! Le lendemain, il rejoignit Christophe chez lui dans le seizième arrondissement de Paris, pour soi-disant réviser le bac de français. Avec deux autres copains, finalement, ils firent la plus mémorable partie de Risk de toute leur vie. Si un sujet sortait sur la stratégie de conquête des territoires, ils étaient prêts !

Alan passait en Terminale 2, Nathalie en 3. Ils restaient dans le même lycée mais se ne croisèrent qu'à peine pendant toute cette année du Bac. Et fatalement, l'année suivante, leurs routes se sont réellement séparées et ils se sont perdus de vue.

Nathalie raconte la reprise de l'entreprise familiale, son mariage et la naissance de ses deux enfants. L'enchaînement de tous ces évènements étourdit presque Alan, lui qui ne s'est toujours pas fixé dans une relation stable. C'est son mari qui a voulu des enfants rapidement, apprend-il dans la foulée, alors qu'il n'a pas ouvert la bouche encore. Il l'écoute avec empathie, la redécouvre, et comprend à cet instant que chaque fois qu'il la reverrait, il retomberait amoureux d'elle. Elle est, depuis le lycée, son Grand Amour inassouvi. Il est conscient qu'il risquerait de souffrir, mais il sait aussi qu'il ne lui refuserait rien si elle se montrait disponible.

Le garçon se plante devant eux, pour leur suggérer un nouveau verre.
- Non merci, je vais devoir partir. Alan se lève aussitôt, pour appuyer son propos, fouillant ses poches et regardant l'heure.
- Je te laisse mon numéro de portable, j'aimerais bien que l'on dîne ensemble dès que tu peux, tu ne m'as rien raconté sur toi !... réplique Nathalie, se levant enfin, totalement inconsciente qu'elle vient de faire preuve, pendant près d'une heure, d'un extraordinaire égocentrisme.
- Je t'enverrai un message un peu plus tard pour que tu aies le mien. Je suis désolé, mais j'ai un rendez-vous ce soir, il faut

absolument que je file. Bisous.

Alan quitte Nathalie en se sauvant presque, tellement conscient qu'il est dangereux pour sa santé amoureuse de rester plus longtemps avec elle.

Chapitre 6

Les marronniers du Bois de Boulogne sont déjà bien feuillus, ils commencent même à former leurs énormes grappes de fleurs blanches ou rouges, ce qui est le signe du vrai redémarrage de la nature parisienne. Alan laisse son auto au voiturier du "Relais du Bois", et puisqu'on l'informe qu'il est le premier arrivé, il choisit une table en terrasse, comme tout citadin de la moitié nord qui guette la moindre belle journée pour vivre en extérieur. Quelques instants plus tard, le notaire arrive. Il trouvait plus agréable de discuter de la vente de la maison de Louveciennes devant un tartare de saumon plutôt qu'une pile de dossiers. Depuis plus de deux semaines maintenant, Alan pense à cette maison et son envie d'en connaître l'histoire est à son paroxysme.

- Cher Maître, bonsoir, merci de vous être libéré.

- C'est normal, et vous avez eu raison, cet endroit est tout désigné pour parler de cette maison. C'est une affaire peu ordinaire, exceptionnelle dirons-nous, et les murs d'un bureau auraient été trop conventionnels.

- Absolument. Avez-vous pu amener tous les documents nécessaires ?

- Oui, j'en ai même fait faire un double par ma secrétaire pour vous le laisser.

- Ah, formidable.

Ce notaire fait d'emblée bonne impression. Pendant qu'ils dégustent leur tartare par petites fourchettées, il lui explique toute l'histoire, avec une impressionnante rigueur dans la chronologie et les détails. Alan apprend ainsi que la maison a

été construite en 1886, sur la commande du grand-père qui était carrossier et revendeur de voitures à cheval, puis à moteur par la suite, à Levallois-Perret. Cette campagne de Louveciennes, le grand gaillard de deux mètres et sa femme s'y rendaient chaque dimanche matin pour y passer deux jours, en voiture à cheval, empruntant les petits chemins chaotiques de Suresnes, après avoir traversé la Seine au pont de Levallois, puis la forêt de La Malmaison. Leur fils s'était très vite passionné pour la mécanique et les belles carrosseries, alors il demanda à son père de lui construire un bâtiment sur la propriété de Louveciennes pour en faire son atelier. En 1906, ce fut chose faite et le jeune homme passait de plus en plus de temps dans cet endroit secret d'où sortaient parfois de furieuses pétarades ainsi que de grands coups de masse répétés. En 1910, il termina ses études d'ingénieur, ainsi que son deuxième prototype à moteur et commença à travailler dans l'affaire familiale de Levallois. Un an plus tard, ses parents furent tués sur la route, alors qu'ils tentaient de rejoindre Giverny avec une Renault Type CH Sport, voiture cossue d'avant la première guerre. Il dut alors faire face à cette succession inattendue, puis au grand conflit qui l'amena à devenir sous-traitant pour des fabricants de chars, de camions ou d'avions. A partir de 1918, l'affaire décolla de plus belle, avec de nombreuses commandes de carrosseries sur des châssis Renault. Au milieu des années vingt, il rencontra une jeune princesse, aux goûts luxueux très prononcés. Ils se marièrent, achetèrent un gigantesque appartement à Neuilly, puis cette femme ambitieuse entreprit l'aménagement et la décoration de la maison de campagne, avec l'idée maîtresse d'en faire un château.
- Au niveau du style châtelain, cette femme a bien réussi. La décoration de la maison est plutôt, comment dire... chargée, comme vous avec pu le voir.
- J'avais bien remarqué !

- Mais pour le reste, vous allez voir qu'elle n'a rien réussi d'autre. Alan continue de se passionner pour ce récit, qui en plus de lui apprendre toute l'histoire de cette propriété et de ses propriétaires, le plonge dans une ambiance "époque", un peu comme s'il visionnait un épisode des "Brigades du Tigre".

A la fin des années vingt, les affaires de la carrosserie familiale tournaient à plein régime, notre couple vivait princièrement, sortait beaucoup, roulait dans de superbes cabriolets maison et organisait des soirées mondaines dantesques à Louveciennes, plus proches des orgies romaines que des habituels dîners à la campagne. Mais en 1930, la très garçonne maîtresse de maison tomba enceinte, puis mit au monde une superbe héritière : Amélie. Ce n'était pas prévu, et la jeune maman vivait très mal cette nouvelle vie, l'écartant des luxures et perversions dont elle était odieusement friande. Elle se noya donc dans l'alcool, puis dans la Seine, après avoir perdu le contrôle de sa voiture, au cours d'une nuit d'ivresse, près de Marly. Le jeune papa, une fois de plus livré à lui-même, se consacra à sa fille et à ses affaires, oubliant Louveciennes, puis entra dans la résistance active pendant la deuxième guerre mondiale.
- On se rapproche de 1944...
- En effet, l'histoire touche à sa fin.

Il est vingt-trois-heures, c'est leur deuxième café, et le narrateur privé poursuit. Début 1944 donc, le papa résistant est dénoncé et part en cavale, avec sa fille, se planque à Louveciennes, le temps de trouver une issue, aidé de son réseau. Et dès le lendemain, au petit matin, quelqu'un les attendait pour prendre la fuite en voiture, d'où le départ subit que l'on devine en visitant la maison.
- La fin, elle se résume ainsi : ils ont été débusqués, le papa et son complice tués, la fille s'est enfuie pour se cacher dans une cave de la maison. Elle est restée terrée là toute la journée,

terrorisée, apeurée, puis elle a tenté une sortie la nuit et a pu regagner Levallois, après plusieurs heures de course effrénée. Elle a ensuite été recueillie par la famille d'un des carrossiers employés par son père et, à sa majorité, elle est partie en Suisse faire des études de lettres, sans jamais retourner à Louveciennes.

- Quelle histoire ! Et la maison est restée ainsi, sans être squattée ou pillée ?

- Des gardiens habitaient à l'entrée de la propriété jusqu'au décès de Mademoiselle Amélie, rémunérés depuis la Suisse. Car il faut savoir que notre héritière disposait, à 21 ans, d'un magot conséquent, augmenté encore de la vente de la carrosserie de son père dans les années soixante, qui entre temps avait été soigneusement gérée par l'employé, devenu gérant, qui l'avait recueillie.

- Je vois. Et ces gardiens n'entraient jamais à l'intérieur, ne serait-ce que pour aérer et dépoussiérer ?

- Non, la consigne se limitait au gardiennage et au vague entretien des arbres du parc, ainsi que de la petite maison qu'ils occupaient bien sûr, en parfait état encore maintenant. Mademoiselle Amélie occultait la propriété, mais tenait à ce que ses gardiens soient très bien logés.

- Et pourquoi ne l'a-t-elle pas revendue, alors ?

- Cela l'aurait obligée à revenir, et ça lui était impossible, même après toutes ces années. Elle avait déjà fait le voyage pour vendre en cumulé Levallois et Neuilly, ce qui lui avait beaucoup coûté moralement.

- D'accord. Enfin dernière question : pourquoi cette vente vous revient-elle ?

- C'était sa volonté. Etant donné qu'elle n'a pas d'héritier, elle a chargé mon étude, qu'elle connaissait déjà à l'époque de mon père, de vendre son bien à quelqu'un de passionné par le lieu, et de confier le fruit de cette vente aux enfants orphelins de Genève, avec là aussi des consignes bien précises. Si vous avez du temps samedi prochain, nous pourrions discuter des termes finaux sur place, à Louveciennes.

- Bien volontiers, vous m'avez complètement captivé avec ce récit.

Mais même si le notaire est sympathique et bienveillant, Alan attend prudemment de connaître le prix de cette belle histoire !

Le samedi suivant, Alan rejoint le notaire à Louveciennes. Ils s'engagent tous deux avec leurs voitures respectives dans l'allée qui mène à ladite propriété. En amateur averti, Alan reconnait le modèle qui le précède, une Porsche Panamera. Une nouvelle fois, les deux hommes empruntent le petit portillon qui, contrairement à la grande grille, est en excellent état. Il devait être utilisé par les gardiens pour accéder à la propriété. Puis ils arrivent sur le perron, entrent après un rapide double-tour de clefs. Alan ne l'avait pas remarqué la première fois, mais l'odeur qui plane ici n'est pas si désagréable, malgré l'abandon des lieux. Un peu vieillotte, un mélange de légère humidité, d'encaustiques, d'huile de lin, de vieux papiers, une pointe de senteur poussiéreuse, mais rien de bien méchant. Jean-Marc, c'est le prénom du brillant libéral, ouvre l'une des grandes portes-fenêtres du salon afin de sortir côté jardin. Il indique de la main un petit bâtiment, sur la droite, à trente mètres de la maison :

- Ça, c'était l'atelier du papa. C'est immense à l'intérieur, vous allez voir.

Après une rapide traversée dans les herbes hautes, ils passent une grande porte vitrée coulissante pour découvrir un atelier réellement spacieux, charpenté par une armature métallique digne des ateliers Eiffel, entouré d'immenses verrières. Ici, en revanche, on sent bien la vieille huile et la graisse, le métal et la sciure de bois ! C'est le paradis du bricoleur, tout y est : de grands établis, de vieilles machines, des centaines d'outils d'époque parfaitement rangés sur des panneaux de bois perforés et, fin du fin, un début de voiture de course au capot incroyablement long. Tant d'années de poussières se sont déposées qu'Alan croit voir une photo en noir et blanc. Il se retourne, sort, ça lui saute aux yeux : dehors, c'est en couleurs ! De retour de l'atelier, ils pénètrent à nouveau dans la maison en direction de la cuisine. Le guide du jour ouvre une lourde porte en bois massif, puis ils descendent l'escalier en pierres de taille qui mène à la cave, qu'ils n'avaient pas visitée encore. Là aussi, les proportions sont impressionnantes : tout est voûté, il y a plusieurs alcôves plus ou moins grandes. L'énorme et puissante lampe-torche dont s'est doté Jean-Marc leur révèle la présence de mille et un trésors : des centaines de bouteilles de vin, lovées dans les toiles d'araignées, des caisses en bois, des paniers, puis la réserve à charbon, ce qui inquiète Alan au passage, quant au système de chauffage.

De retour enfin à l'air libre, les deux hommes échangent un haussement de sourcils.

- Jean-Marc, je vais être très franc : le coup de coeur pour cette propriété, je l'ai, c'est certain. En plus, je retrouve plein de détails qui me plaisent vraiment dans un même endroit, ça c'est plutôt rare. Mais, malheureusement, je connais un peu le marché du moment, et j'ai peur que ce doux rêve ne soit pas dans mes moyens.

- Je comprends. Alors je vais être franc moi aussi, et même hors déontologie : cette maison, normalement, un marchand de biens se serait débrouillé, par le biais d'un autre notaire par exemple, pour l'acquérir, la restaurer vaguement, puis la revendre très cher. Puisque vous connaissez le marché, avec une restauration de qualité, ici, nous frôlerions les trois millions. Lui, il l'injecte à deux-vingt pour la vendre deux millions, casse les prix du marché au passage et réussit finalement à se faire près d'un million d'euros de

profit en ayant barbouillé les murs avec de la peinture bon marché et bien couvrante ! Le notaire monte un peu en température lorsqu'il parle des marchands de biens. Ce qui contente Alan. Il poursuit, toujours très posé :
- Mais ici j'ai l'exclusivité, cette maison n'enrichira donc pas un de ces rois du sabotage. Ce sera la demeure de quelqu'un de passionné, comme vous semblez l'être.

Alan lui donne une tape amicale sur l'épaule :
- C'est gentil, mais je suis trop honnête justement, et deux millions, je ne les ai pas !
- Je ne vous en demande que le quart de ce prix, frais compris. Nous avions étudié cela avec Mademoiselle Amélie, et nous savions que le passionné qui n'achèterait pas pour faire de la plus-value ne serait pas forcément richissime. Et en plus, il y a un petit cadeau en prime !
- Et il y a un cadeau en plus ! S'exclame Alan en souriant. Allez, assez de suspense, dites-moi ce que c'est.
- Je n'en sais rien, c'est ce fameux paquet cacheté dont je vous avais parlé, mais connaissant notre héritière, il doit contenir deux ou trois secrets sur le domaine.
- Ah, tiens, encore le mythe de la chasse au trésor et du souterrain mystérieux !

Alan déambule sur la terrasse, regarde au loin, puis ses baskets, puis la maison, puis le jardin, puis l'heure, c'est la tempête dans son cerveau. Il fait un rapide brainstorming avec ses anges gardiens. D'un côté, il faut casser la tirelire, mais le principe dit que "c'est fait pour". De l'autre, il essaie d'imaginer s'il risque de regretter après avoir refusé... sa réflexion s'accélère... en fait il le sait : si jamais il passe à côté, il va s'en vouloir toute sa vie ! Il lui tend la main :
- Ok, je suis votre homme !

Chapitre 7

Au moment où il ouvre les yeux, Alan ne sait plus trop quel jour on est. Il s'est réveillé naturellement, sans alarme. Mais cela lui revient rapidement, nous sommes le premier mai, le premier jour de son mois préféré. Chaque premier mai, il se fait la réflexion qu'il faut profiter de chaque jour de ce mois, car c'est pour lui le plus cool de l'année, le printemps est déjà bien en marche, les jours bien longs, le climat doux et il comporte trente-et-un jours.

En sortant de l'immeuble où se trouve son appartement, il remarque que l'immense glycine qui orne la clôture de la maison d'en face donne ses premières fleurs... bientôt suivies par une cascade de feuilles, une superbe féérie de dégradés de mauves sur fond de vert tendre qui, chaque année, l'émerveille. Les trottoirs, habituellement déserts de si bon matin un jour férié, ont été pris d'assaut par les marchands de muguet. Il en achète un brin, juste pour le parfum ! La petite marchande improvisée a écrit un dicton sur la nappe en papier qui recouvre son comptoir éphémère, en réalité une petite table de camping pliante : "Le premier mai, c'est la Saint Muguet". Un sourire lui échappe, puis il se dirige vers le garage pour sortir son bolide, direction Saint-Cloud, où des amis l'attendent pour aller déjeuner quelque part, en extérieur. Il fait très beau et, sans hésiter, il a actionné, la commande électrique de la capote, libérant le toit de sa voiture. Il descends tranquillement la rue de la Convention, traverse le pont Mirabeau... gauche... avenue de Versailles... porte de Saint-Cloud. Ici, il y avait "Le Terminus", un tabac-café-brasserie qui restait ouvert jusqu'à deux heures du matin. C'était le point ravitaillement en cigarettes le samedi soir, pour une partie de la banlieue ouest. Ils y jouait au flipper aussi, certains samedis après-midi avec ses potes, l'hiver, quand dehors il pleuvait sans cesse et qu'ils ne savait plus trop quoi faire pour s'occuper, en attendant la "night fever". C'est devenu un fast-food ! Celui qui a vendu l'emplacement doit avoir fait une belle opération. Alan a du temps, il décide de se faire une traversée de Boulogne façon "souvenirs-souvenirs". Il se glisse derrière le Parc des Princes, léger gauche, léger droite, hop... rue Gutenberg (oui, comme l'imprimeur). Numéro 15, Il s'arrête en face : c'est là qu'il est né. C'était une clinique dans un hôtel particulier, aujourd'hui c'est pareil, sans la clinique. Puis il poursuit la balade... quelques rues plus bas, sa première école, ses plus belles années sont là, enfermées, surtout la dernière passée ici en CM2 : ils étaient les "grands", ce qui voulait dire avoir toute la cour et ses platanes pour jouer au foot à toutes les récrés, partir une semaine en classe de neige pendant ce si long mois de janvier. Et tous les garçons de la classe étaient amoureux de l'institutrice, qui était étonnamment jeune. Quand ils avaient une petite crise puérile, ils mettaient le bronx dans le bac à sable des petits et ils squattaient la cage aux écureuils. Le soir, les élèves avaient une vague fiche de lecture à faire, une poésie à apprendre de temps en temps, deux multiplications et trois divisions. C'était bâché en une heure et ils se collaient devant la télévision. Cinq cents mètres plus loin, le collège puis le lycée, face à face. Là aussi, de très bons souvenirs : premiers examens, premiers flirts, premières cigarettes, et surtout ses meilleurs amis d'aujourd'hui, connus ici. Alan stationne l'auto devant l'ex "Havane", devenu "Café de l'Eglise", ce café qui leur servait de Q.G., ils s'y retrouvaient le matin devant un express, y séchaient quelques cours, y déjeunaient parfois, surtout en cette saison, lorsque la terrasse était installée. Comme aujourd'hui. Il choisit volontairement une table qu'il connait bien, à gauche de la porte vitrée. La jeune fille qui lui avait inspiré son premier grand sentiment avait accepté de déguster une glace avec lui, à cet endroit, en sortant des cours un vendredi. C'était en bonne voie. Le soir-même, ils devaient se retrouver à une soirée sur une péniche, à deux pas d'ici. C'était Nathalie ! Elle avait la sensualité de ses origines italiennes, la puérilité et la cruauté de ses dix huit ans.

Son mobile vibre :
- Où es-tu ? On t'attend (c'est Laurent) !
- Oui, j'arrive bientôt, je suis à Boulogne. Avez-vous décidé d'un endroit où aller ?
- Non, et en fait nous comptions sur toi pour nous trouver une super idée !
- Je réfléchis en montant la colline.
- On se fait un apéro avant, chez moi, sur la terrasse.
- Génial, je serai là dans dix minutes.

Une demie-heure qu'il rêvasse, ou qu'il ressasse des souvenirs plus ou moins bons. Finalement, il se tire de là et saute dans la voiture, direction le pont de Saint-Cloud. En roulant, il regarde sur le côté droit, juste avant le pont. C'est là qu'il avait embrassé Nathalie pour la première fois. Cet instant est gravé dans sa mémoire, comme un replay inusable.

Dix minutes plus tard, il arrive sur la terrasse où quelques amis sont déjà installés. Son regard fait le tour, accolades, clins d'oeil, bises, poignées de mains, puis il est stoppé par cette jeune femme assise, sur la droite. Pas prévue, mais pas inconnue non plus. Il lui tend la main avec un léger sourire et un amical "bonjour". Il s'assoit. Ses amis arborent un sourire interrogatif : "Tu ne la reconnais pas ?"
- J'aimerais mieux, mais impossible de me souvenir.

La pauvre, Alan est absolument confus. Il essaie de s'en sortir en s'adressant directement à elle :
- Et toi, forcément, tu sais qui je suis ?
- Je peux même dire que je ne t'ai pas oublié !

Bon, c'est pire encore, et il entend deux sifflements après cette phrase qui tue déjà suffisamment. En tout cas, elle a la réplique assassine. Christelle, la femme de son pote (vous parlez d'un ami, celui-là !), tente de le sortir de ce guet-apens en lui proposant un verre d'apéritif :
- Un Martini, double. Avec du gin, plein !
- Je te sers ça ! Dit-elle en souriant largement.
- Bon, Alan, fais un effort, merde !

Il ose la regarder à nouveau, malgré son sentiment de forte gênance. Elle a le visage fin et expressivement froid, les yeux "bleu torrent de montagne", les cheveux châtain, lisses, une poitrine rendue volontaire par un haut moulant et suffisamment transparent pour suggérer un soutien-gorge en dentelle blanche absolument affolant. Sur son joli nez, des lunettes un peu mode, genre faussement montées à l'envers. Bref, une beauté, mais glaciale ! Un sourire rassurant dégivre son visage, mais aucun flash, rien, pourtant il est certain de l'avoir déjà vue. Il essaie de se détendre un peu, en buvant une grande rasade de son cocktail préféré.
- Je suis vraiment désolé, confus même, mais impossible de me souvenir.
- Pourtant tu m'as fait cadeau d'une jolie petite fille qui te ressemble trait pour trait !

Elle lui dit ça avec le sourire, calmement, d'une voix quasi-douce. Un vide sidéral s'installe dans le cerveau d'Alan. Qu'est-ce qu'elle raconte, cette mousmée ? Puis il efface cette béatitude et cligne

des yeux pour reprendre ses esprits. Il regarde chacun de ses amis à tour de rôle, comprend qu'ils essaient de garder leur sérieux. Il les désigne tous du doigt.
- Bande de salopards, c'est une blague !

Rires. Il se lève, elle aussi, ils s'embrassent en nouveaux amis. Alan est soulagé de chez soulagé !
- Marion... c'est comme ça que je voudrais t'entendre m'appeler.
- Enchanté, Marion.

Il lève enfin son verre, en réponse à ses amis :
- A vous, je vous déteste... à Marion, je te souhaite la bienvenue dans ce groupe de débiles.
- Merci, j'accepte volontiers ce souhait.
- Mais, dites-moi vous tous, pourquoi cette sordide comédie ? J'ai eu un de ces chocs ! En plus, j'avais vraiment l'impression de la connaître.
- Parce que tu la connais ! Marion était à notre table au dernier mariage auquel nous avons assisté.
- Mais oui, bien sûr ! (que dire d'autre dans ce cas-là, surtout que c'est vrai, maintenant il se rappelle d'elle). Tu étais à l'autre bout de la table, mais je me souviens. Tu n'étais pas seule cette fois-là, me semble-t-il...
- C'est vrai, et toi aussi tu étais accompagné !
- En effet. Mais...
- Je sais ! Christelle m'a expliqué. D'ailleurs, je sais plein de choses sur toi...

... Lui lança-t-elle d'un air malicieux !

Le groupe d'amis arrive dans une grande cour pavée, entourée

de dépendances de style Louis XIII, avec de belles façades en pierres de taille et en briques. Ils rejoignent le restaurant à pied, sa terrasse est ombragée par de sublimes pergolas en teck, recouvertes de vignes vierges, de chèvrefeuille et de glycines.
- Une table ronde pour huit personnes, en effet nous vous l'avons préparée.

Un petit coup de fil, donné juste après cette blague comploteuse, à cette adresse sympathique qu'Alan avait conservé à la suite d'un déjeuner avec des clients. Ils sont à Marly, comme par hasard tout près de Louveciennes. Il leur doit une petite surprise, lui aussi, en fin de journée !

Les discussions vont bon train, mais Alan remarque que Marion s'ennuie un peu, toujours à l'autre bout de la table. Son regard croise constamment le sien, à croire qu'elle ne le quitte pas des yeux. Non, ce sont des regards coïncidents, se dit-il. Il se lève pour aller visiter les lavabos, Laurent lui emboîte le pas, en le prenant par les épaules.
- Dis donc, mon chou, tu as remarqué qu'elle te dévore des yeux, la petite ?
- Oui, enfin je croise souvent son reg... Attends ! Je te connais, tu vas me dire : "c'est tout bon, tu peux y aller"...
- Exactement ! Comment t'as deviné ?
- Aller au râteau, oui ! C'est ça les amis, toujours bon public quand tu te prends une bonne bûche. Tu as vu l'engin ? Elle carbure au "trader" cette nana, minimum.
- Mais non, je te dis qu'elle est prête à s'offrir à un mec sûr, genre toi. J'ai mes sources... et puis tu connais ma perspicacité.
- (Alan éclate de rire) Tu ne sais même pas comment ça s'écrit !
- Ecoute un vieil ami, je te dis qu'elle cherche un mec. Tu sais, c'est biologique, l'horloge, tout ça.

"Il y en a un qui va pécho ce soir !"... me chante-t-il en arrivant au sous-sol ! Ils éclatent de rire, comme les deux ados qu'ils étaient, il y a plus de quinze ans !

- Bon, tu m'expliques, maintenant. Comment est-elle arrivée parmi nous ?

- C'est "une amie d'une amie". Elle a plaqué son mec il y a un mois, puis elle a revu les mariés, les photos du mariage, les vidéos et tout le bordel, enfin une soirée de nouvelle célibataire chez deux jeunes époux ! Puis elle a posé des questions sur toi, a repris contact avec ma femme, bien sûr par hasard (!), qui lui a proposé de passer aujourd'hui, et voilà.

- Trop facile, ça cache un truc.

- Mais non, elle se rend juste compte que, finalement et même si son ex était un vrai con, elle n'aime pas être seule. Du coup elle engage la prospection passive, en douceur. Elle repère une proie bien appétissante, et c'est tombé sur toi !

Ça se tient ! Enfin c'est ce qu'en conclut Alan. Le coup classique : trente ans bien passés, nouveau célibat, panique... elle interroge ses amis et son entourage pour voir s'il ne resterait pas un homme seul sur terre par hasard, miracle il y en a un, elle se fait incruster dans un dîner ou une soirée, après elle se débrouille... et surtout elle met le paquet parce qu'elle se dit qu'elle a du bol sur ce coup-là et qu'il lui reste trois années, au maximum, pour faire son premier enfant !

Les deux potes remontent sur la terrasse, les cafés sont servis et la "petite", dirait Laurent, semble ravie de voir revenir son cavalier et faire le tour de la table pour se diriger vers elle. Il se penche sur son cou pour lui parler doucement à l'oreille. Il remarque son parfum exquis, limite excitant.

- Aurais-tu un peu de temps après le déjeuner ? Je réserve une petite surprise à mes amis.

- Oui, bien sûr, j'ai tout mon temps.
Elle saisit son bras, avec une douceur révélatrice.
- Dis-moi : la surprise, qu'est-ce que c'est ?
- Une surprise doit le rester, chère amie.

Il effleure son épaule de la main droite et retourne à sa place. Le regard de Marion le suit, il le sent. Il vient de lui dire, à mots couverts mais à gestes explicites, qu'il était plutôt sensible à ses charmes. Une fois le café dégusté, la troupe règle la note et regagne les autos. La nouvelle venue, qui avait fait le voyage aller dans la voiture de Jacques, rejoint le jeune célibataire pour s'inviter comme passagère, prétextant vouloir être aux premières loges pour la surprise. Ce qui étonne les autres :
- Quelle surprise ?
- Alors justement, merci Marion pour la transition, vous me suivez et je vous y conduis.
- Une surprise ?... Super !... Génial !... C'est quoi ?
- Réponse dans dix minutes, à peine, c'est tout près d'ici. Allez, c'est parti !

Alan claque la portière de sa passagère, fait le tour et prend place derrière le volant. Il entre la clé dans le contacteur, et à cet instant précis, elle dépose un baiser éclair sur la joue droite de son chauffeur et se recale dans son siège en lui disant, très sereinement :
- C'est notre première minute d'intimité !

Quelques minutes plus tard, Alan coupe le contact, sourit à sa jolie co-pilote qui se dit très enchantée de son baptême de Porsche, puis ils sortent devant l'immense portail en fer forgé, toujours immobilisé par l'usure du temps. Les copains descendent aussi de leurs voitures, comme au ralenti tellement ils semblent interloqués par le lieu. Marion se tient droite comme un "i" à côté d'Alan, les regardant s'approcher, avec déjà une attitude de maîtresse de maison attendant ses invités. Elle se colle légèrement contre lui, puis le regarde en souriant, d'un air de dire : "allez, joue avec moi, on leur montre que ça a déjà collé entre nous, on les bluffe".

L'acte de vente n'a pas encore été signé, mais le notaire lui a tout de même laissé les clés, une relation autant de confiance qu'amicale s'étant installée entre eux. Il ouvre le petit portillon. On les sent très impatients derrière ! Tous les amis sont entrés dans le parc, Alan referme la porte, puis la marche, afin de les laisser découvrir les lieux, sans les influencer sur la trajectoire. Lentement, ils déambulent dans la grande allée, admirent la perspective du grand portail, l'immense marronnier maintenant bien en fleurs. Puis ils accélèrent pour faire le tour de la maison, s'arrêtent sur la terrasse, se retournent vers le nouveau petit couple en formation, bluffés encore une fois, en moins de dix minutes ! C'est Jacques qui monte le premier en curiosité.
- Tu ne serais pas en train de nous dire que tu es l'heureux propriétaire de ce château, là ?
- Château, c'est peut-être fort ! Je n'ai pas signé la vente définitive, mais j'ai déjà fait un gros virement pour la promesse, donc quelques pierres sont à moi, en effet.
- Putain, le truc. C'est énorme ! (dixit Laurent).
- On peut entrer ? (dixit les filles, impatientes).

Alan reste dehors, un sac à dos à la main. Il devine, par les portes-fenêtres, que ça va dans tous les sens, dans toutes les pièces, avec la curiosité légitime de grands enfants découvrant un manoir abandonné. Sur le flanc Ouest de la maison, il avait repéré un petit appentis, lors de sa précédente visite. Le temps de trouver la bonne clé, il découvre qu'il contient du bois, des outils, mais surtout un salon de jardin en métal, vert pâle, des années 1900, protégé par des housses. Merci d'en avoir pris soin, monsieur le carrossier, il est magnifique. Il sort tout, installe la table, puis les six chaises autour. Il extrait un paquet de son sac à dos, enveloppé de papier kraft, entouré d'un solide ruban cacheté par de la cire. Alan le pose solennellement au milieu du plateau, puis savoure le spectacle qui s'offre à lui, cette maison hier abandonnée, aujourd'hui fourmillante, bientôt maison du bonheur. Chacun lui fait part de ses petits commentaires, avec la même impression générale d'avoir découvert un lieu à énigmes. Marion le rejoint, prend son bras de ses deux mains et lui glisse un savoureux "elle te ressemble cette maison, j'aime beaucoup". Les autres n'ont pas entendu, mais sourient puis font mine de n'avoir rien vu.

Il est déjà dix-huit heures, la lumière fait varier les volumes du parc, étoffant le mystère qui plane. C'est le moment qu'il attendait pour leur proposer de ne pas se quitter comme ça.

- J'avais prévu quelques trucs pour se faire un petit apéro sur le pouce ici, avant de rentrer, on en profitera pour ouvrir la boîte à mystère.

Il leur montre le paquet, sur la table. Marion lui emprunte les clés de la voiture et se dirige vers le parc avec les filles, qui se font une joie de l'accompagner pour gérer le pique-nique. En à peine un quart d'heure, l'apéritif est servi sur la table métallique, autour du colis suspect. Les amis trinquent à cette belle journée, au nouveau domaine d'Alan et à l'amitié. Sans plus attendre, il décachette le ruban, qui glisse aussitôt. Le kraft se déploie pour laisser apparaître une boîte en bois verni, de l'orme à vue de nez. Il l'ouvre... elle contient une enveloppe franchement jaunie, des clés anciennes, puis un genre de grande feuille pliée et repliée, façon carte routière. Le silence est de plomb, les énigmes suspendues à leurs lèvres, il sort de l'enveloppe trois feuillets et les lit à voix haute :

Cher(e) ami(e),

Je suppose que vous me connaissez déjà un peu et je regrette de ne pouvoir jamais vous rencontrer. Si vous lisez ces lignes, c'est que notre ami notaire aura trouvé en vous la personne de confiance et de passion que je souhaitais voir devenir propriétaire de la "Louveraie". C'est ainsi que j'ai baptisée votre nouvelle demeure, parce que j'avais imaginé qu'une louve m'aidait à grandir après la disparition de ma mère, parce qu'aussi ce nom avait la même racine que Louveciennes. J'ai peu connu cette demeure, mais j'y ai enfoui mes secrets d'enfant, au sens propre comme au figuré. Vous allez maintenant créer votre univers dans cette demeure qui, je vous l'assure, est très agréable à vivre. Mais je voulais vous donner un petit coup de pouce, pour mieux la connaître, et certainement mieux la restaurer, car je présume qu'elle en a bien besoin. En consultant la carte que je vous ai fait redessiner par un ami architecte, vous découvrirez les plans exacts de la maison, mais également du parc, des dépendances, du sous-sol et du souterrain. Oui, il y en a un, celui-là même que nous avions emprunté avec mon père pour échapper à la gestapo, au bout duquel malheureusement il n'a plus jamais vu le jour. Mon père avait constitué un magot secret, en cas de coup dur, que nous n'avions pas eu le temps d'emporter, ce jour de 1944. Je ne sais pas exactement où il se trouve, d'ailleurs, mais après toutes ces années, il n'a pas dû bouger de sa place initiale qui, je l'imagine, doit être à la sortie de ce souterrain, au cas où mon père aurait eu à le récupérer sans pouvoir accéder à la maison. Cette sortie se situe sur le domaine, donc elle existe encore. En revanche, la végétation a certainement envahi la porte dérobée, ce qui vous réserve une jolie partie de chasse au trésor ! Je vous souhaite beaucoup de bonheur, la "Louveraie" a bien besoin de connaître cela.

Mille amitiés.
Mademoiselle Amélie

Ce qu'Alan vient de lire n'est que le premier feuillet, et toute l'assemblée est déjà très captivée, un peu émue même. Il le replie et examine les deux autres, qui relatent des détails de chaque partie des plans.

- Au fait, demain, c'est samedi. Vous avez des trucs de prévus ?
- Non... non-non... (collégiale).
- Alors on se retrouve tous ici pour le petit déjeuner, vers neuf heures. J'apporterai une machine à café et des capsules, ainsi que des lampes, des pelles et des pioches. Je vous laisse gérer les viennoiseries, car après les croissants, ce sera "chasse au trésor".

Il a l'impression de leur avoir annoncé "demain c'est Noël". Tout ce petit monde repart vite pour mieux revenir demain. Il ferme le portillon, Marion l'attend.

- Ça t'ennuie de me déposer ?
- Un peu, mais je ne peux pas t'abandonner ici, dans les bois. Donc je vais te ramener.
- Je peux demander à quelqu'un d'autre...

Alan pose son index sur la bouche de Marion, en signe de silence.
- Je viendrai même te chercher demain matin !

Chapitre 8

La gare est immense, avec des dizaines de voies, des quais à n'en plus finir. Alan monte dans un wagon, bondé, le train repart puis emprunte une voie étroite et aussi sinueuse qu'un échangeur d'autoroute. Le convoi s'arrête devant une petite gare de campagne, il sort, descend un escalier qui débouche dans une immense grotte, criblée de grilles et de tuyauteries en tous genres. En bas, un quai de métro. La rame arrive, il monte. Cela le ramène en sens inverse. A la station suivante, il quitte le wagon et suit un couloir habillé de petits émaux bleu de cobalt. Après une interminable distance, une vapeur s'élève, puis il découvre des douches nichées dans les murs. Une fois au bout du tunnel, une immense piscine, genre municipale. Il y a des enfants partout, tous en maillots de bain rayés, il est le seul à être habillé. Il court vers la sortie qui le reconduit dans la gare. Au sommet de l'escalator, une femme est plantée devant lui, les bras croisés, le visage caché par une capuche. Elle la retire, lui sourit. C'est Sophie Duez ! Sa beauté nature et sa douceur apparente l'ont toujours fasciné. Elle sort un Magnum dont le chrome libère un éclat de lumière. Son sourire disparait instantanément : "je t'arrête". Il bondit aussitôt au-dessus de la rampe de l'escalator pour descendre un escalier adjacent. Elle le poursuit, il court, de toutes ses forces, mais il n'avance pas. Jambes en coton ou colle sous les pieds, il n'en sait rien mais elle le rattrape. Il sent ses mains sur ses épaules. Puis les bruits s'arrêtent net. Il se retourne, ouvre les yeux, il est allongé à côté d'elle, sous une épaisse couette écru.
- Bien dormi mon chéri ?

- Sophie ? Je ne comprends rien, je rêvais justement de toi et maintenant tu es ici. Qu'est-ce qui s'est passé ? Et où sommes-nous ?

Alan regarde autour de lui sans rien reconnaître. Il la fixe droit dans les yeux, elle arbore ce léger sourire craquant. Elle est belle, il en oublie de continuer à se poser des questions. Il remonte ses mains pour caresser son visage, mais un autre éclat métallique sors de la couette... ses poignets sont liés par une paire de menottes !
- "Je t'arrête". Tu avais oublié, mon chéri ? Tu le sais, pourtant, que je tiens toujours mes promesses !

Puis il ressent un énorme sursaut, avec pendant un dixième de seconde un grand picotement dans tout le corps, comme lorsqu'on éprouve la peur du vide. Cette fois-ci, en ouvrant les yeux, il reconnait sa chambre. Ouf ! Quel rêve incroyable. Il se jette sur sa montre, posée par terre. Six heures trente.

La machine dégage une vapeur infernale, l'expresso coule, accompagné d'un bruit de compresseur. Il avale trois longues gorgées, repose son mug émaillé bleu, puis les images de ce rêve lui reviennent. Depuis tout petit, il fait ces curieux songes de gares, de trains, de piscines. Et encore ça va mieux : jusqu'à l'âge adolescent, il voyait en plus des bulles géantes qui se déplaçaient lentement, s'entrechoquaient, tout était mou, un genre d'état fiévreux, très désagréable. En revanche, c'est la première fois que la belle Sophie vient le visiter en pleine nuit. Il ne cherche même pas à interpréter ce rêve, c'est un truc de fou !

Une heure plus tard, tout est prêt et chargé dans la voiture.

Alan compose le numéro que Marion lui a écrit la veille sur une place de cinéma, lorsqu'il l'a déposée devant son immeuble. "Tu veux monter cinq minutes ?", lui avait-elle gentiment proposé. Mais il savait que s'il franchissait cette porte, avec le petit jeu de séduction qui s'était installé en seulement quelques heures, les cinq minutes allaient se transformer en nuit blanche. Et pourtant, il avait vraiment envie de continuer à la découvrir, de l'entendre lui parler d'elle, de sa vie, dont il ne connait finalement rien. Elle décroche :
- Allo ?
- Bonjour Mademoiselle, ici votre chauffeur, je voulais savoir à quel moment je pourrais passer vous pren... enfin, euh... venir vous chercher ?
- Et si vous veniez dès maintenant, Monseigneur, nous pourrions partager mon café du matin.
- Entendu, le temps de venir.
- Je vous attends. Baisers !

Sa voix devient suave lorsqu'elle dit "baisers", avec ce ton affectueux. Ce vouvoiement ajoute encore au jeu de séduction qui s'est mis en place naturellement.

La porte s'ouvre, Alan redécouvre sa conquête de la veille, elle lui sourit. Son charme naturel est une vague de fraîcheur dès le matin. Short d'été léger, polo blanc, des baskets coordonnées bleu ciel, les yeux à peine maquillés, les lèvres juste illuminées par un léger gloss.
- Entrez Monseigneur, vous êtes le bienvenu dans mon petit nid.
- Merci, je suis très touché par votre bienveillance.

Son cocon est vraiment adorable. On entre dans un salon, tout en longueur, avec un pan de mur entier de livres d'art, de statuettes et autres objets de déco. Sur la gauche, l'on devine une minuscule cuisine. De l'autre côté un canapé, une mini table basse, un tapis plutôt ancien rouge sombre avec des franges écru, deux fauteuils club des années trente avec accoudoirs en bois, et un meuble bas pour la hifi. A gauche du canapé, une porte qui, on peut le supposer, communique avec la chambre. Marion tend une tasse de café bien fumante, Alan en boit deux gorgées, puis elle lui reprend pour boire à son tour. Elle pose la tasse, passe ses bras autour de son cou, se hisse sur les pointes et dépose un doux baiser sur ses lèvres. Il l'enlace à son tour, par la taille, ils s'embrassent tendrement, puis ouvrent les yeux pour partager un immense sourire complice. Encore quelques baisers, sa taille est fine, ses seins appuyés contre lui, son parfum toujours aussi excitant. Elle redescend sur ses talons.

- Ça te plaît de partager mon café du matin ?
- Enormément. As-tu d'autres choses comme celle-ci, à me faire partager ?
- Tu n'imagines même pas tout ce que je te réserve !

Il fait encore plus beau que la veille. Les deux nouveaux complices arrivent à la "Louveraie" vers huit heures trente, ce qui leur laisse le temps, avant l'arrivée de leurs amis, de flâner dans la propriété. Marion prend la main d'Alan, croise ses doigts avec les siens, puis ils marchent dans les herbes folles du parc, devant la maison.

- Tu habites dans le quinzième, c'est bien ça ?
- Oui, tout près de chez toi, en fait.
- Et tu vas venir vivre ici ?
- Plus tard, oui, une fois les travaux terminés.
- Et ça veut dire dans combien de temps, à ton avis ?
- Disons le printemps prochain, pour le vrai déménagement. Mais je viendrai passer quelques week-ends ici, en attendant.
- Il y a du chauffage ?
- Juste des cheminées... et des peaux de bêtes !

- Humm, ça va être sympa cet hiver. Tu m'inviteras à faire griller des châtaignes, au moins.
- Qui sait... peut-être même à faire un bonhomme de neige, ou à décorer le sapin de Noël.
- Pas mal, ça ferait un joli cadre pour le réveillon du 31 aussi. Tu m'inviteras ?
- Peut-être.
- Sûrement alors, parce que je suis la plus gentille fille du monde, de toutes façons tu ne pourras que m'aimer. .. très longtemps.
- Et toi, me considèreras-tu comme ton jouet ?
- Non, moi je suis déjà amoureuse de toi !

Alan s'arrête soudain, Il se retourne pour la regarder, son visage a repris cette froide expression, elle semble si sérieuse et grave tout-à-coup.
- Depuis quand ?
- Depuis notre premier baiser. Hier, tu as été trop mignon toute la journée, sensuel même par moments, toujours aux petits soins avec moi. Et puis on m'avait parlé de toi, montré des photos. J'avais déjà un temps d'avance, quelque part.
- Ce petit air triste te rend presque crédible ! Mais je ne te crois pas, trop rapide.

Elle rit, son visage s'illumine à nouveau, il la serre contre lui. Le soleil et les arbres parsèment le parc de superbes rayons de lumière. Encore une journée magnifique qui s'annonce. Il redécouvre qu'il est bon de donner de la tendresse, d'en recevoir aussi d'ailleurs. Mais il a aussi la sensation de tenir contre lui un être d'une autre dimension, comme s'il ne la méritait pas.

Neuf heures quarante cinq, le petit déjeuner n'est plus qu'un souvenir, les amis sont arrivés enchantés, enjoués même de ce samedi improvisé. Alan distribue toutes les lampes qu'il a pu trouver dans sa cave, à Paris. Il y a des lampes torches, des lampes de mineur, des lampes de poche, de plongée, de spéléo, de camping... Il a tout pris, afin de faire le jour dans ce mystérieux souterrain. D'après les plans, l'entrée se trouve dans la cave. Oui, mais où ? Même à huit, il leur faut un peu de temps pour trouver une trappe en bois, masquée par un buffet chargé de dizaines de pots de confitures. Ils le déplacent à quatre, au prix d'un effort dantesque, puis ils soulèvent cette trappe : une échelle de meunier à descendre, ensuite c'est la galerie, étayée comme une mine par de grandes traverses en bois. En attendant que tout le monde descende, Alan examine les parois autour de la trappe et découvre un vieil interrupteur en porcelaine. Un clic, et quelques ampoules s'allument aussitôt, très espacées, comme dans un tunnel de métro entre deux stations.

- C'est toujours ça de gagné, on a un peu de lumière.

- Dis donc, c'est ici qu'il faut faire ta cave à vin.

- T'as raison, mon Jaco. Mais vois-tu, je crois que j'aurais trop les foies de descendre chercher une bouteille ici, tout seul. En plus, s'il faut se changer en Indiana Jones en plein dîner... ça peut devenir compliqué.

Rire général. Le fraîchement nommé conservateur du souterrain repasse devant pour ouvrir la marche. La galerie mesure environ un mètre de large sur deux de haut, donc tout juste dans les normes anti-claustrophobes. L'évolution se passe sans problème majeur, outre quelques tas de terre par-ci par-là et la fin prématurée de la ligne électrique. Ambiance "Club des Cinq", tout le monde chuchote et marche à pas de velours, balayant les parois du souterrain avec les lampes dans l'espoir de découvrir une grotte ou une galerie annexe. Rien. Toujours tout droit. Au bout de cinq minutes, ils débouchent dans une salle voûtée, construite en pierres meulières et criblée de traces d'infiltrations d'eau. Quelques flaques au sol le confirment. Cette salle est un carrefour parfait, avec les trois possibilités classiques qui s'offrent à eux : tout droit, à gauche ou... oui, bravo, à droite ! Un halo de lumière dans chaque direction, même résultat : le trou noir. Le gang décide de faire deux équipes. Alan, Jacques et leurs compagnes d'un côté, qui découvrent avec surprise que cette galerie côté droit descend progressivement, mais sûrement. L'humidité devient de plus en plus présente. Un léger virage à gauche, ils marchent de plus en plus prudemment, légèrement cambrés en arrière pour compenser la pente. Ils stoppent soudain, quelque chose bouge et brille devant ! Ils braquent toutes leurs lampes devant eux, leurs yeux s'écarquillent instantanément : un mini-lac souterrain, une vraie grotte de pirates, avec une eau turquoise. Le fond et les parois sont en pur calcaire. Le sol leur paraissait plus dur sur la fin de la galerie. Jacques trempe une main dans l'eau. Petite grimace.

- C'est froid, mon Jaco ?
- Un peu, ouais. Faudra chauffer pour en faire une piscine, et puis mettre des spots aussi !
- Et un pool-house pendant qu'on y est. Toi qui adores la plongée, au lieu de jouer les promoteurs, tu veux pas nous faire une petite apnée pour voir jusqu'où ça va ?
- Sans combi ? T'es fou, toi !
- (tous ensemble) Allez, Jaco !
- Ok j'y vais, mais demain... Après la messe !

Les rires se diffusent en écho. Ils font demi-tour et retrouvent l'autre équipe.
- Alors Laurent, c'était comment de votre côté ?
- Une vraie boutique ! On a trouvé une autre salle en pierres, plus petite que celle-ci, mais avec un stock de vêtements, de bougies, d'armes et de munitions.
- Je vois, le repère du parfait résistant. On termine la visite tout droit ?

- Ben, il est déjà onze heures trente, on pourrait peut-être continuer plus tard, chef ! (Laurent)
- Et pis manger ! (Jacques)
- Ah, l'appel de la gamelle ! Pour le saucisson, vous voulez du "à l'ail" ?.
- Oh oui, chef ! (ensemble)

L'équipe de mineurs traverse la cuisine pour aller directement dehors, laissant derrière elle un rail de terre conséquent. Tous échangent avec enthousiasme leurs impressions sur ces découvertes et Alan se réjouit de cette convivialité. L'ambiance est excellente, Marion est déjà plébiscitée par le groupe, même si rien n'a été dit ni montré. D'ailleurs, c'est Christelle, la femme de Laurent, qui profite d'une diversion pour venir parler discrètement au chef du jour :
- Dis donc, elle a l'air bien cette petite. Qu'est-ce qu'il en pense le monsieur ?
- Le monsieur, il en pense tout pareil que toi.
- Et alors, il compte lui déclarer sa flamme ?
- Attends, vous me l'avez livrée seulement hier, laissez-moi le temps d'ouvrir le paquet.
- Non, sérieusement, vous seriez mignons tous les deux. Elle paraît un peu froide au départ, mais elle est belle, dynamique, plutôt intelligente.
- Je peux te faire une confidence ?
- Oui, vas-y, dis-moi...
- Je crois que j'ai oublié le cours sur « comment s'y prendre avec une fille ? » !
- Oh non, t'es chiant, allez raconte... Est-ce que tu l'emmènes diner ce soir ? Et hier soir, tu l'as ramenée, non ? Qu'est-ce qu'il s'est passé ? Vous avez parlé de quoi ?
- Ecoute-moi, c'est hyper simple : tu ne sauras rien !
- Pfff... Fit-elle en haussant les épaules, mais avec le sourire.

Le groupe passe de nouveau dans la salle voûtée, continue tout droit. Alan ne sait pas pour les autres, mais lui, le sandwich au Serrano et le verre de vin argentin lui ont donné un courage de grand aventurier. Tiens ? Un escalier, de la largeur de la galerie, en bons gros blocs de granit. En haut, une porte métallique. Il le gravit en premier, essaie d'actionner la poignée... ça s'ouvre. En poussant la porte, il pointe sa lampe en avant. Ça ressemble à un garage ! Là aussi, un interrupteur, mais qui ne donne aucun résultat. Les autres le rejoignent pour faire un maximum de lumière dans cette pièce d'environ 50 mètres carrés. Il y a même une auto ancienne, recouverte par des décennies de poussière, mais il croit deviner qu'il s'agit d'une Renault Primaquatre Sport, un très élégant cabriolet de la fin des années trente. Au fond du garage, une porte en bois coulissante. Laurent essaie de l'ouvrir, mais rien à faire. Ils s'y mettent à deux, à trois... elle finit par céder, glissant d'un coup... le jour surgit brutalement.
- Et voilà le bout du tunnel, s'exclame Marion.
- Incroyable ! Rien n'a bougé, la porte de la voiture est même restée grande ouverte, remarque Myriam, la copine de Jaco.
- Je commence à mieux comprendre : le papa résistant voulait s'enfuir avec sa fille en voiture, mais est sûrement sorti en reconnaissance à pied, pour vérifier discrètement que la voie était libre. C'est probablement à ce moment qu'il s'est fait canarder. Sa fille a tout vu d'ici, a refermé, puis est retournée se cacher dans la cave.

Tous restent un peu subjugués devant cette nouvelle scène, qui leur permet d'imaginer que la pauvre Mademoiselle Amélie a vraiment vécu l'enfer ce jour-là. Puis le lendemain, entre son séjour dans la cave et sa course folle jusqu'à Levallois.
Devant nous, la lumière est entrée mais il y a tout de même une forêt de ronces. Impossible de sortir pour connaître notre position dans la propriété. Jacques a l'idée de jeter un truc

dehors, repérable facilement.
- Myriam, ça t'ennuie si je te reprends le casque de mineur ?
- Non, tiens...
- Je te rends la lampe...

Jaco lance le casque au travers de la forêt de broussailles, visiblement avec succès. Le Club des Huit refait le chemin en sens inverse pour enfin ressortir, ils sont tous bien contents de remonter et ainsi retrouver la lumière naturelle. Pendant que les filles se changent, les garçons repartent en commando dans le parc, entre mecs, à la recherche du casque orange et, à fortiori, de l'entrée du garage semi-souterrain. Alan compulse le plan de la propriété et en conclut qu'il faut se diriger plein Ouest. Ils franchissent un sous-bois très fourni en châtaigniers, puis une butte plantée d'énormes chênes.
- On ne doit plus être loin, l'entrée doit être au pied de la butte.
- Oui, regardez derrière ce bosquet... un creux rempli d'immenses ronces. Et tiens... voilà le casque !

De là, la maison n'est déjà plus visible. Les braves sortent les quelques outils de jardin trouvés dans le cabanon, puis attaquent l'élagage des ronces. Leurs tiges sont de vraies armatures, avec des épines phénoménales. A quatre, ils dégagent l'entrée en à peine une heure. Le sol est pavé, la porte assez large pour accueillir deux autos et recouverte d'une peinture verte, aujourd'hui bien passée. Dans le prolongement, une petite allée en terre battue recouverte de mousse, qui conduit à un portail, donnant sur une petite rue en contrebas. Ils referment la porte coulissante et partent rejoindre leurs chéries, qui pendant ce temps ont commencé à organiser ce qui pouvait l'être à l'intérieur pour squatter un week-end. La cuisine est désormais utilisable comme telle, la salle à manger est à nouveau meublée de sa grande table avec en plus les dix chaises qui devaient l'entourer à l'époque, retrouvées dans le salon sous un grand drap blanc. Ça sent le propre, cette demeure commence à revivre.

- Magnifique, les filles, vous avez réalisé une vraie performance de fées. Et si on ouvrait une bouteille de Champagne d'avant-guerre, pour voir ? Une petite descente à la cave, quelques coupes dénichées dans le buffet de la cuisine et le breuvage sacré coule, libérant sa couleur ambrée et ses bulles toujours actives.

- Bon, mes amis, je lève ce précieux verre à "La Louveraie", à ses mystères et à notre amitié. Soyez toujours les bienvenus ici.

Alan entoure la taille de Marion de son bras, elle lui répond du même geste, le fixe de son regard froid et sensuel, puis sourit largement.

- A nous, Monseigneur !
- A nous, Mademoiselle.

Sans aucune concertation, mais dans l'euphorie de cette journée et du petit déjeuner romantique, les néo-amoureux se déclarent officiellement "nous", comme ça, tout-à-coup, en public. La surprise se lit immédiatement sur tous les visages, ils éclatent tous deux de rire, puis sont traités de cachotiers, accusés de trahison. Mais le Champagne est si excellent qu'ils sont aussitôt pardonnés, félicités et encouragés.

Chapitre 9

San Sebastian, Pays Basque espagnol. Les amis sont à nouveau tous réunis pour fêter l'anniversaire de Jacques. Cela fait trois jours qu'ils vivent l'évènement et ce soir, ils sont passés en terrain ibérique. Le soleil de fin de journée illumine cette magnifique ville au passé richissime, à l'architecture excentrique, aux couleurs du Sud. Le petit groupe a été rejoint par d'autres copains, c'est maintenant une bande de douze qui s'enfonce dans le coeur de la ville par la multitude de rues piétonnes. Premier bar à tapas, ils picorent dans tous les plats disposés sur le comptoir, derrière lequel le tenancier calcule de tête ce qu'ils mangent au fur et à mesure. Etonnante mémoire. Un verre de "tinto rosso", puis un deuxième. L'homme très brun au polo bordeaux et au béret tape sur sa grosse et vieille caisse enregistreuse, des chiffres tournent dans la barrette vitrée, Myriam sort les pesetas car, non seulement tout le monde lui a confié la cagnotte, mais elle est aussi l'interprète.

Alan doit bientôt retrouver Marion, qui est descendue en train avec une amie d'enfance. La bande arrive sur le lieu de rendez-vous, la "Plaza de la Constitucion", une place entourée d'immeubles dont chaque porte-fenêtre est numérotée, les balcons servant autrefois de tribunes surplombant idéalement cette arène carrée. Tout autour, sous les hautes arcades, des bars et des restaurants. Le groupe encercle deux petites tables et continue son régime au "tinto rosso". Un autre bar à tapas et un club privé plus tard, le Clan des Douze se retrouve dans une boîte de nuit géante, donnant directement sur la plage, le

"Bataplan". Il est minuit et les amis sont presque seuls dans cette usine à kilowatts. Après le vin rouge local, la boisson officielle de leur soirée est devenue le Gin-Kas. Après deux verres, plus d'inhibitions. Après un troisième, il faut se poser la question de "comment on rentre". Au quatrième, c'est le trou de mémoire, le stade ivre-mort ! Pourquoi ? Tout simplement parce que les verres et les doses sont proportionnels à la taille du night-club. Alan entame donc son deuxième verre au moment où Marion, qui visiblement carbure aussi fort que lui ce soir, vient lui dire qu'elle ressent des choses étranges. Inquiet au départ, il comprend ensuite qu'il s'agit de sentiments. Puis l'amie d'enfance vient lui parler, le questionner sans filtre sur ses intentions vis-à-vis de Marion, lui faire passer un test en somme. Il apprend ainsi que Marion avait été plantée, il n'y a pas si longtemps, par un ex-fiancé à quinze jours du mariage. Elle lui explique par ailleurs que le petit ami qui a suivi ne lui parlait que de bébés, ce qui forcément ne l'a pas aidée dans sa cicatrisation.
- C'est bien joli tout ça, mais que veux-tu savoir au juste ? Si je suis assez honnête pour Marion ? Si je vais bien l'entourer sans l'étouffer ? Tu veux que je réponde à un test, que je coches des cases, me donner une note ?
- Non, Alan, ne le prend pas comme ça. Je veux simplement te prévenir qu'elle est encore fragile et que c'est ma meilleure amie, donc je la couvre. C'est normal, non ?
- C'est louable, même. Mais je ne suis pas du genre "langue de bois", donc c'est à elle de me faire confiance. Ce que je veux vivre avec elle, c'est mon problème, pas le tien, on est d'accord ?!

Il se lève pour sortir sur la plage, irrité par cette intervention puérile. Myriam, qui avait observé la scène, vient le retrouver.
- Alan... ça va ?
- Oui, bien, je te remercie (sourire commercial).
- Il y a embrouille avec Marion ?

- Non, rien de grave, rassure-toi. Juste un petit agacement dû à sa copine.
- Pourquoi, qu'est-ce qu'elle t'a dit ?
- Elle voulait juste me tester pour voir si je mérite sa protégée qui, d'après ses dires, serait plutôt fragile sentimentalement. Ancienne grande déception et tout le toutim.
- Non !... Mais on est au collège là.
- Clair ! Mais c'est bon, je lui dit ce que je pensais de la démarche.
- Oh ça, je te fais confiance. Tu viens, on va se reprendre un petit verre avec les autres.
- T'as raison (sourire naturel).

Deux heures du mat, ça y est, le night-club se remplit sérieusement. Marion s'accroupit devant Alan et lui prend la main alors qu'il rêvasse dans un énorme fauteuil en rotin.
- Excuse-moi pour ce qui est arrivé tout-à-l'heure, je ne pensais pas qu'elle irait jusque là. Tu es fâché ?
- Non, j'ai juste passé l'âge de ce genre d'imbécilité. Mais ça ne change rien pour nous, mon ange.
- On m'avait bien dit que tu étais intelligent !

Quatre heures. Les jeunes fêtards sortent du Bataplan. Il y a une incroyable file d'attente pour entrer dans la boîte, au moins cinquante mètres. Pas de doute, en Espagne, on vit la nuit ! Une fois en France, le convoi des quatre voitures s'arrête pour se dire au revoir, Marion dort chez son amie. Les filles du groupe se regardent, en signe d'incompréhension. Alan et ses amis dorment chez Jacques, à Saint-Jean. Il regarde la Ford de location de la copine s'éloigner, serre les dents et laisse échapper un "connasse" sifflant et au "C" très appuyé.

Le lendemain, Jacques et ses convives déjeunent dans un restaurant donnant lui aussi sur la plage. Les grandes tables en bois et les bancs permettent d'avoir les pieds dans le sable tout en dégustant les fabuleux produits locaux proposés à la carte. Alan a jeté son dévolu sur une assiette de chipirons à l'encre. Sa princesse arrive bien plus tard, au moment du dessert, accompagnée de sa super copine. C'est inexplicablement tendu. Les amis sont silencieusement indignés par la tournure que prend la relation avec Marion. Ils ne comprennent pas plus qu'Alan, mais cherchent, en soutien, des réponses à cette énigme. La thèse retenue est un "coup de flippe", sous la pression de sa comparse et face à des sentiments peut-être trop rapides.

Il est certain que c'est allé très vite, trop peut-être, du côté de la jeune femme. Dans le train qui les ramène vers Paris, elle ne parvient pas à se concentrer sur le roman qu'elle avait acheté à Montparnasse l'avant-veille. Elle lit deux pages, le repose à l'envers, regarde dehors. Son amie regarde des photos sur son téléphone, satisfaite. Marion se tourne vers elle, et lui dit :
- Je me suis peut-être emballée avec Alan, mais je réalise aussi que je n'ai pas été cool avec lui ce midi.
- T'inquiète Darling, vous êtes ensemble depuis moins d'un mois, il va s'en remettre.
- Mais je n'ai pas dit que j'allais le quitter, j'ai juste besoin de reprendre mon souffle.
- Boh alors là, quand ça part comme ça, c'est foutu d'avance.
- Qu'est-ce que tu en sais, toi, la psychologue de gare ?

Dans le même temps, Marion balance à sa cops un coup de roman sur la tête, puis se replonge dedans, jusqu'au terminus.

Alan, de son côté, avale les kilomètres sur le trajet du retour, dans un état d'esprit mitigé. Il a passé un excellent week-end en compagnie de ses amis, dans une région qu'il affectionne particulièrement, découverte grâce à cet ami de longue date, lui aussi rencontré au lycée de Boulogne, en classe de seconde. La météo aura été plus que favorable et chaque moment vécu pour fêter cet anniversaire vient enrichir un album de souvenirs mémorables. Par ailleurs, il encaisse mal le virage que prend sa relation avec Marion. C'est aussi inexplicable que le revirement vécu avec Nathalie, quelques années plus tôt. Il se demande si cela ne vient pas de lui, finalement. Qu'a-t-il bien pu dire ou faire ou montrer qui dégrade tout à coup une relation pourtant enrobée de sentiments, enfin vu de sa fenêtre ? Ou bien sont-ce les femmes qui finalement recherchent un nouveau genre de Prince pas trop charmant, à la fois romantique, bad-boy, distant, humoriste, aimant, mais pas trop ?

Sept heures plus tard, il gare son cabriolet dans le parking souterrain. Puis une fois dans son appartement, il erre entre la cuisine et le salon, grignotant un morceau de pain avec de l'emmental, sachant qu'il ne pourra jamais s'endormir aussitôt après ce long ron-ron autoroutier. Il est une heure trente, Laurent l'appelle :
- Salut p'tit gars, bien arrivé ?
- Très bien, sauf que pour dormir maintenant, c'est pas gagné !
- Des images plein la tête ? Normal. Je te passe Christelle, elle a un truc a te dire.
- Ok, salut.
- Allo Alan ? Tu sais ce que je pense ? Tu attends mercredi ou jeudi et tu la rappelles. Il faut que vous parliez posément de tout ça, tout en lui laissant un peu de temps. Tu vas lui manquer, c'est sûr.
- Oui, tu as certainement raison. Je vais faire ça.
- Bonne nuit.
- Merci, bye.

La dernière fois qu'il regarde le réveil, il est déjà cinq heures trente cinq !

Chapitre 10

Trois jours qu'il se donne avec acharnement au travail, qu'il j'arrive à huit heures au bureau et qu'il le quitte après vingt heures. Nous sommes mercredi, Alan n'a aucune nouvelle de Marion et il résiste au besoin impérieux de l'appeler, chaque jour, chaque heure. La tristesse dans l'âme, il ferme l'agence, il est vingt-heures-trente. Une fois dans le hall de l'immeuble où il réside, il ouvre machinalement la boîte aux lettres... rien. Il monte au dernier étage, dans ce vieil ascenseur-cage en fer forgé et referme la lourde porte, ouvre la baie vitrée du salon, prends une bouteille d'eau gazeuse dans le frigo et sort sur la terrasse. Il fait très doux, la Tour Eiffel est encore illuminée. Cette vue est magnifique, mais ce soir il n'apprécie guère ce privilège car il préfèrerait le partager. Il allume une cigarette, la première de la journée, et au moment de reposer le briquet sur la table en teck, son portable s'allume, puis sonne donc. Il affiche "Laurent/ mobile".

- Salut p'tit gars !
- Salut p'tit Mimi. Comment va ?
- Bien. Et toi ?
- Bof... j'ai connu plus extasiant.
- Pas de nouvelles ?
- Aucune.
- Appelle-la, ça fait trois jours qu'elle attend, avec fierté certes, mais ce n'est peut-être pas la peine de faire durer.
- C'est ta femme qui m'a conseillé d'être silencieux quelques jours, je te signale.
- Ouais, mais pas de faire le mort. Elle va t'en vouloir après. Tu lui

as envoyé des fleurs ?

- Ben non, tu envoies des fleurs quand tu es content, ou quand tu as quelque chose à te faire pardonner.

- Ouais, pas faux. Bon alors appelle-la maintenant. Tu ne vas pas rester comme ça, je ne te reconnais plus, là.

- Mais... Il va bientôt être vingt-et-une-heure-trente, si ça continue...

- Et alors, on s'en fout. Tu crois qu'elle dort, toi ? Bon, tu l'appelles et tu me rappelles.

- Ça va. Tchouss.

- Tchouss.

Il n'a pas tort, et en bon pote, il vient de le remotiver. Une gorgée d'eau bulleuse, il se gargarise, son numéro dans le répertoire du mobile, il appuie sur le rond vert... c'est parti !

- Marion... c'est Alan. Je te réveille ?

- Non, pas du tout. Comment vas-tu ?

- Très bien (!), et toi ?

- Moyen. Tu es chez toi ?

- Oui, je viens de rentrer de l'agence.

- Je suis contente que tu m'appelles. Tu m'en veux ?

- Oui.

- (silence)

- Mais tu me manques, Marion, et surtout je ne comprends pas, c'est invivable.

- Tu me manques aussi... vraiment. Je n'osais pas te rappeler de peur de me faire jeter, mais je sais que j'aurais dû. Pardon !

- Cela peut se négocier.

- Tu allais te coucher ?

- Non, je n'ai même pas mangé encore.

- Si je te prépare une petite dinette, avec des bougies, tu viens me voir ?

- C'est très tentant !

- Alors je t'attends.

En cinq minutes, Alan reprend goût à la vie. En cinq minutes, il boucle l'appart et sort la voiture. En cinq minutes, il arrive devant son immeuble. Il se gare sur le trottoir, il n'y a pas de place et il a mieux à faire que d'en chercher une. La fenêtre de sa chambre, qui donne sur la rue, est éclairée. Il s'apprête à appuyer sur le bouton qui accompagne une froide étiquette siglée "Marion B." quand il se souvient qu'il avais promis à Laurent de le rappeler. Il revient sur le trottoir et lance l'appel.
- Yes...
- Tu as été de bon conseil, je suis devant son appart, elle m'a proposé une petite dinette.
- Ah, elle est belle l'histoire ! Et ça se présente comment au niveau de l'ambiance ?
- Plutôt bien, elle regrette.
- Bon, très bien. Et tu vas la niquer ce coup-ci ?
- Que t'es con !
- Il va falloir lui mettre une bonne cartouche maintenant, vous n'allez pas rester des mois à vous tourner autour en vous racontant des poèmes.
- Voilà ce que j'aime chez toi, ce néoromantisme spontané ! Allez, je te laisse, j'ai faim… Et soif d'explications !

Alan sonne, monte l'escalier en toute hâte, elle ouvre la porte. Petit bisou timide, sourire un peu gêné, puis tendre, il entre et elle se jette finalement dans ses bras, prend sa tête entre ses mains, le fixe de ses yeux si clairs, l'embrasse délicatement, le regarde à nouveau, puis sourit, rit, pose sa tête sur son épaule, soupire, pleure.
- J'ai cru mourir sans nouvelles de toi. Merci Alan !
- Pourquoi merci ?
- Merci d'avoir appelé, je suis vraiment désolée.

- Je ne vivais plus non plus ces derniers jours, j'étais profondément triste. Maintenant nous sommes là tous les deux, tout va bien, je ne vais pas en plus t'en vouloir.
- Tu pourrais, j'ai été puérile sur ce coup-là.
- Oui, c'est vrai. J'ai besoin de clarifications tu sais, parce que je tiens à toi.
- Je suis heureuse de l'apprendre !
- Tu le savais, espèce de petite sorcière.
- Peut-être, mais je voulais l'entendre, mon cher. Tu as faim j'imagine...
- Maintenant, oui.
- Je vais tout t'expliquer, promis.

Les réconciliés sont affalés sur le tapis, devant le canapé, une tasse de café dans une main, une cigarette dans l'autre. La dinette était délicieuse, une pléiade de fromages accompagnée d'une salade de roquette et d'un pain aux noix. Ils se racontent des bribes de leurs vies, des anecdotes, des justifications, ils parviennent même à plaisanter sur leur rencontre, reviennent sur ce récent malentendu, puis parfois un silence s'installe, leurs regards se plantent l'un dans l'autre. Marion explique enfin qu'elle a suivi l'influence de sa meilleure amie, avec faiblesse, alors qu'elle sait pertinemment qu'elles n'ont pas la même vision des hommes. Elle en est désolée et va travailler là-dessus. Il se sent revivre.

- Tu es très belle.
- Tu n'es pas mal non plus, tu sais.
- Ah ?
- C'est ça, fais le mec qui ne le sait pas !

Elle se rue sur lui, il se retrouve plaqué au tapis, sa bouche épouse la sienne, leur excitation monte soudainement. Elle saisit ses chevilles et le traîne jusqu'à sa chambre. Alors commence un déshabillage mutuel, impatient et torride, qui tourne à l'arrachage sur la fin. Leurs corps se touchent et se mêlent enfin, cette sensation peau contre peau lui procure un effroyable désir, elle se tord en tous sens pendant qu'il la caresse, émettant presque des grognements félins. Elle s'offre à lui, il vient en elle, l'intimité de Marion enveloppe celle d'Alan, leurs terminaisons nerveuses sont toutes en mode commando.

Six heures du matin, enfin c'est ce qu'Alan croit lire sur les chiffres fluos de sa montre. Marion dort. Ils ont fait l'amour jusqu'à épuisement. Il s'extirpe du lit le plus délicatement possible, s'habille dans le salon. Il doit repasser chez lui se doucher, prendre un costume, filer à l'agence et finaliser la campagne qu'il présente aujourd'hui. Il revient dans la chambre, se penche sur le lit et dépose un baiser sur la joue de sa belle endormie. Elle serre sa couette contre elle et sourit.
- Dors mon ange, je t'appelle tout-à-l'heure.
- Tu viens vite me retrouver ?
- Je ne rêve déjà que de ça !

Quinze heures trente, Alan est presque prêt, mais il a une légère boule au ventre. Il faut dire que ce n'est pas la petite présentation pour un dépliant. Cette fois, c'est la totale : annonces magazine, digital, affichage avec plan média, recommandations marketing, maquettes, projections et estimations, tout le toutim. Il avale son café, réajuste la ceinture de son pantalon, le col de sa chemise. Il ferme le carton à dessin. Delphine, son assistante, lui tend un dernier mail et lui offre un de ses clins d'oeil magiques :
- Ça va aller, Alan, tu vas très bien t'en sortir, comme d'habitude !
- T'es gentille, Fifine. Mais c'est comme ça, je suis toujours stressé avant d'y aller. Une fois dans l'arène, tout ira mieux. Bon,

est-ce que j'ai bien tout pris ? Les maquettes, les recos, l'adresse, le plan pour y aller sans se paumer, de la batterie, les clés de la voiture... allez, c'est parti.
- Bonne chance !
- Merci Delphine, je t'appelle en sortant.

Dix-neuf heures, il sort enfin de cet épuisant rendez-vous marathon. Il a serré au moins trente mains, salué autant de personnes, tenté de convaincre pendant deux heures. Le rendez-vous était à Neuilly, il se pose donc sur la terrasse du Pub qui leur sert de QG avec ses potes. Il va se chercher une pinte de bière blanche, allume une cigarette et souffle enfin. Il rallume son mobile... trois messages. Christelle qui voulait des nouvelles, Jaco pour le même motif, et Marion pour lui faire des baisers. Mais premier réflexe, il tient à rassurer son équipe :
- Allo Delphine, c'est Alan... oui, très bien, ils étaient vachement emballés... je ne sais pas encore, réponse semaine prochaine... Si, je le sens plutôt bien, en plus ils n'ont interrogé qu'une seule autre agence... bon, nous verrons bien, mais j'ai tout donné ! Allez, bonne soirée... à demain.

Alan lève les yeux, Arnaud est planté devant lui, tout sourire. C'est un autre copain de la bande, plutôt un pote d'études supérieures de Laurent.
- Qu'est-ce que tu fais là ?
- Eh bien Arnaud, comment vas-tu bien ?
- Bien et toi ? Tu te maries ou quoi ?
- Non, je sors d'une présentation, le genre qu'il ne faut pas rater.
- Je vois, et alors ? Tu passes à combien de millions au niveau du budget ?
- Jamais de réponse immédiate dans ce cas-là, c'est une compétition. Mais si je décroche ce client, l'année va bien se dérouler.

- Bon et sinon, les amours ?
- Ça aussi, ça va bien depuis hier.
- Ah ouais ?! Tu veux dire que ça s'arrange avec Marion ou que j'ai loupé un truc ?
- Non, c'est toujours Marion dans le rôle principal et c'est même bien arrangé. Tu veux une binouse ?
- Allez, pour une fois que tu es dans le coin, on va arroser tout ça. J'appelle Laurent, des fois qu'il aurait une heure à perdre.
- Ouais, bonne idée. Je vais appeler le Jaco aussi.

C'est tellement sympa, ces sorties de boulot qui finissent au Pub, totalement improvisées, à deux au départ, puis la petite bande finit par se retrouver au complet. Et comme souvent le jeudi, tout le monde a la même envie de ne pas rentrer. Le soleil semble vouloir jouer les prolongations, au-dessus de la Grande Arche de la Défense, prenant la teinte d'une orange sanguine. Il fait un bon 25°C, sans hésiter nous appelons tous les restaurants avec terrasse pour réserver une table. C'est Jaco qui l'emporte.
- J'ai ! Table de sept, en extérieur, bord de Seine. Vingt et une heures.
- Bravo (général avec applaudissements) !

Deux jeunes filles, seules à la table d'à côté, s'arrêtent de papoter pour observer ces jeunes trentenaires pleins d'énergies positives. Leur joie de vivre les attire à en croire leurs regards à la fois amusés et envieux. L'une est un parfait stéréotype, blonde plantureuse aux cheveux longs et à l'imposante poitrine. L'autre est châtain, les cheveux longs aussi mais noués par un savant chignon qui laisse volontairement tomber quelques mèches, les yeux verts et le teint hâlé, le visage souriant, très excitante. C'est cette dernière qui engage la conversation sans hésiter :
- Et une table de neuf, ça vous paraît possible ?

Les garçons sont tous aussi scotchés les uns que les autres. Autant d'audace, dans un si joli bout de femme, cela arrive inévitablement lorsque vous n'êtes plus célibataire ! Cela dit, Jacques étant en plein drame conjugal, c'est peut-être le ciel qui les envoie, pour lui apporter un peu de soleil dans cette étape toujours délicate. Sa séparation avec Myriam a été brève, subite et surtout imprévisible, tant leur relation semblait fluide lors de la chasse au trésor à Louveciennes. Il n'y pense pas sur le moment, et attrape son téléphone pour modifier la réservation. Il a ce petit sourire en coin que l'on peut avoir lorsque d'aussi jolies jeunes filles débarquent dans votre vie, sans prévenir. Les heures suivantes sont très excitantes, mais aussi un travail de fou : attirer leur attention, faire le beau mais pas trop, les flatter, faire preuve de charisme, les délaisser un temps, être armé de tact et de patience, décoder les messages contenus dans leurs paroles. Dans cette phase de conquête, tout détail est déterminant, chaque faux-pas fatal, chaque sourire une victoire. Mais quel moment palpitant !

C'est une belle soirée ! Les neuf convives sont réunis sur cette charmante terrasse, ils ont bien dîné, se sont bien marrés, leurs femmes, fiancées, maîtresses ou petites amies les ont rejoints directement au resto. Au départ un peu déroutées par la présence des deux invitées, elles ont ensuite tout fait pour les mettre à l'aise et ainsi donner à Jacques toute chance de conclure. Ils quittent les lieux, tous ravis de cette improvisation et avec des projets plein la tête, car ce mois de mai, c'est aussi les jours fériés, les ponts, les longs week-ends ! Pour l'Ascension, Alan a lancé l'idée d'une virée de 4 jours en Bretagne. C'est dans une semaine, ils ont tous hâte d'y être ! Une fois dans la voiture, Marion lui pince la joue avec ce regard malicieux.

- Dites-moi, cher ami, qui sont ces deux minettes ?
- Je n'en sais pas plus que toi. Elles se sont incrustées !

- Incrustées ! Oh, mon pauvre, c'est dur la vie d'un beau jeune homme, poursuivi par les filles, harcelé même alors qu'il prenait un pot avec ses potes.
- D'abord, je n'ai pas été personnellement harcelé, et surtout nous avons l'esprit de solidarité avec notre ami qui se retrouve brutalement célibataire.
- Et la blonde, c'est en ne te quittant pas des yeux qu'elle compte réconforter ton ami ?
- C'est pas grave, il préfère l'autre.
- Tu me rassures, là !
- Dis-moi, Marion : tu me taquines ou tu es jalouse ?
- Les deux, évidemment ! Dit-elle en souriant enfin.
- Alors si on allait chez moi, siroter une flûte de Champagne en tête-à-tête, histoire que tu sois sûre que je suis exclusivement avec toi.
- Rien que tous les deux ?
- Avec un fond de James Ingram, ou de Chicago, ou les deux !
- Tu me feras un feu de cheminée ?
- Il n'y a pas de cheminée dans mon appart. En revanche, j'ai une belle peau de bête, achetée au Col des Aravis.
- Démarrez vite, mon Chéri !

Cela fait trois semaines que les travaux sont commencés à la Louveraie et Alan est impatient d'aller voir ce que cela donne. Il descend à la boulangerie pendant que Marion se douche, puis ils s'installent sur la terrasse de l'appartement. Elle le couvre de baisers, dépose dans sa bouche de petits morceaux de ces délicieux croissants, bref il est aux anges.
- J'étais bien dans tes bras, sous la couette. Tu ne trouves pas qu'il est un peu tôt pour un samedi matin en amoureux ?
- Il faut profiter de cette belle journée, ma Marion. Je te promets

une longue nuit de câlins dans la vieille demeure.

- Nous dormirons là-bas cette nuit ?
- Oui, ce soir nous inaugurons la suite.
- Tu plaisantes...
- J'en ai l'air ?
- Je te sens un peu comédien, parfois.
- Bon, je file, tu me rejoins là-bas ?
- Oui, mais dans l'après-midi, car j'ai plein de trucs à faire.
- Quand tu veux, je vais être bien occupé aussi de toutes façons. Baisers.
- Baisers mon bien-aimé.

Le clocher du village sonne midi, Alan décide donc de faire une pause syndicale. La salle de bains est nickel, après deux heures de dépoussiérage intensif. De plus, elle est exactement comme il l'avait imaginée. Un excellent boulot de la part des artisans. De l'architecte aussi. La chambre, quant à elle, est déjà prête, le mobilier doit être livré en début d'après-midi. Jusque-là, tout s'enchaîne parfaitement. Il entend soudain une voiture et se souvient que le magnifique portail est en restauration et, de fait, constamment ouvert. Il descend et aperçoit son pote p'tit Mimi, à qui il propose aussitôt de partager son pique-nique. Ils s'installent sur la terrasse, enfin ce qu'il en reste, entre les tas de sable, de graviers, les sacs de ciment et la bétonnière. Le soleil est toujours aussi présent, ce mois de mai est vraiment idyllique.

- Et la piscine, c'est pour quand ?
- Tiens, il y a une pelle là-bas, tu peux commencer à creuser si tu veux.
- Euh... ouais ! Je veux bien des gants alors, sinon mes mains vont se changer en guirlandes d'ampoules.
- Oui, ça risque de clignoter ce soir !

- T'as eu Jacques au téléphone, depuis jeudi soir ?
- Non, et toi ?
- Non plus, j'aimerais bien savoir s'il a attaqué une des minettes depuis.
- Appelle-le, et dis-lui de passer prendre le café avec nous. J'ai le numéro de celle qu'il préfère si ça l'intéresse.
- Ah, évidemment, ça devrait le faire bouger !

Une demi-heure plus tard, le museau de la bavaroise musclée du Jaco pointe dans l'allée du parc. Trois vieux potes réunis autour d'un café, sous le soleil, parlant de gonzesses et, contrairement aux idées reçues, de sentiments, c'est un moment cool !
Alan savait pertinemment que Jacques avait juste raccompagné les deux jeunes filles, jeudi soir. Il faut admettre que ce n'est pas évident de demander son numéro ou de proposer un rendez-vous à l'une en présence de l'autre. En cas de râteau, c'est double-honte !
- Je suis certain que c'est plutôt Sophie qui te branche.
- Clairement !
- J'ai son numéro. Si tu veux, on l'appelle.
- Oh ! Comment l'as-tu eu, toi ?
- Je lui ai laissé une plaquette de mon agence et elle m'a rappelé hier.
- Tu plaisantes ?
- Non, je t'assure. Elle voulait savoir si elle était réellement conviée à notre week-end en Bretagne, étant donné que son amie n'est pas disponible à l'Ascension de toutes façons. Et du coup elle m'a laissé son numéro de mobile.
- Et que lui as-tu répondu, pour le week-end ?
- A ton avis... Je l'appelle. Elle habite loin ?
- Non, tout près d'ici, à Garches.

A cet instant, un camion arrive avec, à coup sûr, le mobilier de la chambre dans sa remorque. Alan leur indique les différents emplacements et revient sur la terrasse. Jacques le regarde, interrogateur. "Elle ne répond pas", sa réponse s'accompagne d'un clin d'oeil adressé à Laurent, qui comprend qu'il l'a bien eue en ligne. La petite Sophie était déjà en voiture pour aller faire du shopping, il l'a convaincue que, par un temps pareil, il y avait mieux à faire. Peu de temps après, elle range sa voiture près du marronnier, puis en descend. Jaco est super-intrigué.

- C'est qui ? J'ai pas mes lunettes. C'est Marion ?
- Non, ce n'est pas Marion.
- Bon, Laurent... c'est qui ?
- Elle arrive, t'inquiète, tu vas être fixé.
- ...Non !! Sophie ! Putain, vous êtes cons les mecs !
- Coucou les garçons !

Et voilà, il est tout gêné. Ils se font le coup du deuxième café pour accompagner leur invitée. Jacques, la surprise passée, déploie tout son pouvoir de séduction sur cette pétillante gazelle. Elle ne parait pas insensible, d'ailleurs. Une fois les livreurs repartis, ils montent ensemble à l'étage pour la visite de la suite. Le nouveau lit est en place, avec son matelas très haut, digne d'un hôtel Pullman. La tête de lit à lattes de bois très clair donne de la modernité à la pièce. Les tables de nuit sont en fait des tablettes qui s'incrustent dans la tête de lit. Une longue commode dans le même bois clair habille le mur latéral. En face, un miroir encadré du même design qui permet de se voir en pied.

Des pas dans l'escalier...

- Ah, ça doit être ma Marion... Hello, nous sommes dans la chambre !
- Hello mon Prince ! Oh... bonjour tout le monde.
- Salut Marion. Nous visitons la suite nuptiale.
- C'est magnifique ! Enfin, nuptiale... attend quand même que ton ami me demande en mariage !

- Pourquoi, tu dirais "Oui" ?
- C'est plutôt à ton copain que je le dirai.
- Oui, merci, j'aimerais autant que ça passe par moi ! Bon, assez rigolé, qui reste dîner ce soir ? Jacques ?
- Oh, tu sais, je ne veux surtout pas déranger, surtout en voyant ce lit qui ne demande qu'à être inauguré.
- Ne t'inquiète pas pour ça, dès que vous serez partis, arrachage de culotte avec les dents !
- Alan... !
- Désolé Darling. Bon... Sophie, tu restes avec nous, de toutes façons t'avais rien de prévu ?
- Si, mais bon...
- ...Mais tu vas arranger ça. Ok ! P'tit Mimi ?
- Avec plaisir, enfin je vais quand même appeler Christelle, on ne sait jamais.
- Parfait ! Jaco, tu m'aides à transporter du bois, on va se faire un barbec'. Je suis sûr qu'y a deux énormes côtes de boeuf qui nous attendent chez le boucher du coin.

La fin de journée s'écoule paisiblement. Après une petite balade dans le centre du village et quelques emplettes, les amis prennent le temps de vivre, de profiter du parc. Alan leur expose la suite du projet de rénovation de la maison, puis pendant l'absence de Laurent, Jaco l'aide à redonner au salon un aspect accueillant en le débarrassant de tous les vieux meubles qui y étaient entassés. Puis ils disposent en "u", devant la cheminée, les trois canapés qui ont été livrés avec la chambre, entourant ainsi une très belle et immense table basse carrée en cerisier. Trois consoles du même bois viennent s'adosser aux canapés.
- Et voilà le travail ! Ça a de la gueule, non ?
- Génial, j'adore !
- Bon, je crois qu'on mérite un petit apéro.

Le dîner se place naturellement sous le signe de l'humour, des souvenirs, des fous-rires. L'arrivée de nouvelles personnes dans ce clan est l'occasion de ressortir les vieux dossiers, sur les uns ou les autres. Ils ont tous mal au ventre d'avoir autant ri. Alan remarque que six convives, c'est le nombre idéal pour un repas convivial et intimiste. Sophie commence à regarder Jacques avec du velours dans les yeux. Lui, depuis qu'elle est arrivée, ne l'a pas laissée une minute sans cette attention très savamment dosée, discret mais bien présent, charismatique et aux petits soins. Résultat : elle commence à fondre. La magie du destin peut se révéler à tout instant, car tout a commencé sur la terrasse d'un Pub, et deux jours plus tard, ces deux jeunes tourtereaux sont peut-être en train de tourner une page de leur vie, à coups de regards furtifs mais évocateurs. Les invités se résignent à rentrer, alors qu'ils sont tous d'accord pour dire qu'ils ont vraiment passé un bon moment et que, comme toujours, c'est passé bien trop vite.

Alan tente d'allumer un feu dans la cheminée, pour l'ambiance, lorsque Marion vient le retrouver, avec deux flûtes de Champagne. Ils trinquent, boivent une gorgée, puis se ruent l'un sur l'autre pour ce baiser tant attendu. C'est avec beaucoup de tendresse qu'elle le déshabille cette fois-ci, avec un regard si amoureux qu'il en est presque triste. Il se laisse faire et la couvre de tendres baisers, de douces caresses, il a envie de la chérir, de sentir sa peau, de la serrer, de la rendre heureuse. Elle est très sensible à ses attentions et s'offre à lui en lui demandant de l'aimer. La danse des flammes donne à sa peau des lumières chaudes et contrastées. Il aime son corps, il aime être en elle, il pense qu'il aime tout d'elle et s'emploie à le lui montrer. Soudain, le courant monte, ses tempes cognent, son sang va passer le mur du son. Elle ressent sa fièvre et cesse de se contenir, ils montent ensemble, son souffle se transforme en cris, il devient également expressif. Quelques belles vagues et ils atteignent ensemble une jouissive apothéose synchrone. Ils restent ensuite serrés l'un contre l'autre, haletants, presque tremblants, ne réalisant pas tout à fait ce qui leur est arrivé. Puis, le souffle repris, se regardent, souriants, un peu amoureux, épuisés mais heureux, vidés mais comblés.

Chapitre 11

Depuis presque un mois, Nathalie doit mener de front les commandes des clients, le planning des ouvriers, l'aménagement du nouveau local, le recrutement d'un nouveau vitrier et le départ à la retraite de celui qu'elle connait depuis toute petite. En remontant la rampe d'accès de l'immeuble, après cette semaine chargée, elle regarde le ciel, qu'elle ne voit plus depuis son nouveau bureau.

Elle descend à la station Motte-Piquet pour rejoindre la rue du Commerce. La dernière fois qu'elle a tenté de se faire une heure de shopping, cela s'est terminé à la terrasse d'un café avec un copain d'enfance. Cette fois-ci, elle a la ferme intention de s'acheter quelques fringues. La rue est très fréquentée en cette fin de journée de vendredi. Nathalie a ses habitudes et ses boutiques de prédilection. Rapidement, elle se retrouve à porter sept sacs en papier de différentes marques, avec à l'intérieur des pantalons, des chemisiers, des chaussures, une veste, une robe et même un parfum. Elle s'arrête devant une boutique de lingerie et admire une photo dans la vitrine, une femme évidemment très bien foutue, vêtue d'un body noir, partiellement en dentelle, très décolleté. La lingerie a toujours été l'une de ses faiblesses, mais elle ne s'imagine pas dans ce modèle, consciente que son propre corps ne rendra pas l'effet produit par ce visuel. Et puis quel intérêt finalement, personne ne la regardera dans ce body sexy. Son mari ne la voit plus comme sa maîtresse, mais simplement comme la mère de leurs enfants. Un body en dentelle ne suffirait pas à renverser la situation, d'autant que le soir, chaque soir, il lui faut de la patiente et de la résilience pour le supporter encore. Depuis plusieurs années, le phénomène s'amplifie, l'homme qui partage sa vie, qui habite avec elle, avec qui elle a eu deux enfants, se livre à une consommation grandissante de vin. Autant dire que pour le câlin du soir, il n'y a jamais personne. Elle n'entre donc pas dans cette boutique, continue son avancée et prévoit de prendre des ensembles de sous-vêtements confortables, dans une chaîne de magasins connue où elle trouvera le modèle "femme abandonnée".

Vers le bout de la rue, Nathalie a le regard accroché par une vitrine de pâtisseries. Elle réfléchit, tentée, puis repense au body en dentelle. Quelque part, elle ne peut pas renoncer à plaire à quelqu'un, à se sentir belle en lingerie sexy. Alors que faire ? Se venger sur le sucre ? Prendre un amant ? Et ça se trouve dans quel magasin, un homme qui va la désirer dans ce body à cent-trente-neuf euros ?

Elle achète deux baguettes et rentre chez elle. Les enfants sont là, toujours sages, sa mère les a déposés et tente de papoter dans la cuisine avec sa fille. Elle voit bien qu'elle ne va pas super bien en ce moment.
- Tiens au fait, Maman, tu ne sais pas qui j'ai croisé par hasard il y a quelques semaines ?... Alan !
- C'est vrai ? Oooooh, je l'aimais bien moi, Alan, c'est lui que tu aurais dû épouser.
- Tu sais aussi que je les préfère bruns et typés méditerranéens.
- D'accord, mais tu serais peut-être plus heureuse avec un blond aux yeux clairs. Tu y as pensé à ça ?...
- Maman, tu me saoules ! Dit-elle en souriant.

Elle se visualise tout à coup dans les bras d'Alan, en ce moment. Lui, il la serrerait dans ses bras, il l'embrasserait, il lui dirait qu'elle est magnifique dans ce putain de body, qu'elle aurait dû acheter en fait. On devrait toujours avoir un body sexy dans son armoire, au cas où...

Son mari l'appelle à ce moment-là, pour lui expliquer qu'il est passé au magasin de son acolyte habituel, et qu'ils se font un petit verre au café du coin, mais il rentre pas tard, promis. Elle repose son portable, très doucement, réfléchit, puis le reprend d'un geste décidé, va dans son répertoire, trouve Alan, lance l'appel. Dans le même temps, elle fait des signes et des mouvements de bouche en direction de sa mère, lui demandant de rester un peu ce soir, pour garder les enfants.

De son bureau, Alan voit au loin le viaduc de l'A13 à moitié plein. Ou à moitié vide. Les deux files en direction de la province sont recouvertes de véhicules. Vers Paris, quelques feux rouges deci delà animent cette deuxième moitié. Il se décide à replier son Macbook, le jette dans sa sacoche et quitte les bureaux. En traversant le Pont de Saint-Cloud, il remarque une curieuse odeur vaseuse. Le temps est un peu lourd en ce vendredi soir, un vent de Sud-Ouest se lève, ceci explique peut-être cela.

Il s'engouffre dans la station de métro, et sept stations plus loin, il ressort Avenue Emile Zola, tout près de chez lui. Alors qu'il se dirige vers la boulangerie du coin, son téléphone sonne. Nathalie s'annonce et s'enquiert très rapidement de son éventuelle disponibilité ce soir. Alan est d'abord pris de court, son élan le conduisait à passer une soirée tranquille, à écouter deux vinyles, l'un de The Cure, l'autre de David Bowie, qu'il a reçus la veille. Mais il lui propose de passer, oui bien sûr, avec plaisir.

Elle bondit vers la salle de bain, prend une douche éclair, se glisse vers son dressing où elle hésite entre trois ensemble de sous-vêtements, puis enfile celui qui lui parait le plus affriolant. Une robe s'envole au-dessus de sa tête et vient glisser le long de son corps, elle réajuste le col, la taille, se parfume, met des chaussures assorties et envoie un baiser de la main à sa baby-sitter en arrachant le sac à main posé sur la console. Une fois dans la rame du métro, elle tente de reprendre son souffle, de ralentir sa respiration, de se concentrer sur les lumières des tunnels pour trouver la façon dont elle va aborder cette visite. Il n'y a que quatre stations, finalement il habite tout près. Lorsqu'il lui ouvre la porte, elle sourit et entre, mais elle n'est pas détendue du tout ! Il l'invite à le suivre pour une petite visite rapide. Bonne idée, avec plaisir, elle réalise qu'elle n'est jamais venue chez lui, enfin dans cet appartement.

Après le Baccalauréat, ils s'étaient donc perdus de vue. Lui, avait choisi les Arts Appliqués et la publicité. Elle, un DUT de commerce international. Mais un jour, trois ou quatre ans plus tard, ils se sont croisés par hasard dans une énorme soirée, qui avait lieu dans une salle démesurée à l'arrière de l'Hôtel de Ville de Paris. Elle avait quelques amis, mais peu, et était ravie de retrouver ce copain de lycée. Il commençait à travailler dans une agence de pub célèbre ; elle travaillait dans la miroiterie de sa famille. Tous deux encore chez leurs parents respectifs, ils sortaient souvent, même en semaine, il l'incrustait dès qu'il avait une invitation quelque part, elle l'appelait si lui ne le faisait pas pendant une semaine. Les collègues d'Alan, lorsqu'ils décrochaient le téléphone au milieu du bureau, plaisantaient avec elle et lui disaient finalement "tiens, je te passe ce qui te sert de mec". Il était gêné, car il en crevait d'envie, de devenir son mec, mais elle ne lui ouvrait aucune porte. Ils sont même partis ensemble en vacances d'été, toute une semaine. Ils partageaient toutes leurs journées, le même lit aussi, mais il ne se passait rien, elle reposait gentiment sa main sur le côté lorsque le soir, il tentait de la poser sur sa taille. Une frustration immense était née et il s'est efforcé de se détacher d'elle. Ils se sont donc de nouveau "séparés", même s'il n'y avait rien à couper, à part une amitié douteuse, ou du moins pas claire.

Désormais, elle est mariée, a deux enfants, et la voilà qui débarque un vendredi soir. Alan est enchanté de la voir, mais sa prudence sort du placard, instinctivement. Pendant qu'il lui sert un rafraîchissement sur la petite terrasse, en ce soir gris et lourd, elle lui explique ses malheurs du moment : un mari alcoolo, des enfants à protéger, une société à faire tourner, peut-être même une erreur de parcours, car elle ne manque pas de citer sa mère, sur le fait que c'est lui qu'elle aurait dû épouser. Il ne loupe pas ce coche :
- Ta mère a tellement raison. Mais tu n'as pas voulu de moi à l'époque. Et Dieu sait, s'il y en a un, que je t'ai envoyé des signaux sur toutes les fréquences possibles et imaginables. Tu as voulu un bad-boy, tu l'as !

Alan a planté la lame qu'il tenait prête depuis des années. Mais avec un grand sourire et un clin d'oeil, pour dédramatiser. Elle regarde le dallage, silencieuse. Il tend la main et lui caresse la joue gauche, il se remémore aussitôt le baiser qu'il déposa sur cette même joue, devant la péniche, qui entraîna ensuite ce baiser, ou plutôt cette victoire, qu'il n'oubliera jamais. Elle relève la tête, sourit timidement et passe ses mains autour de son cou. Il la serre contre lui, progressivement, sans trop l'étreindre. Il ne doit pas basculer, il se le répète. Elle pose sa tête sur son épaule, puis la relève quelques secondes plus tard avec un regard qui dit "je suis désolée" et la bouche pincée qui demande "tu me pardonnes ?".

Il est, à cet instant, dans une situation compliquée. Cela fait plus de dix ans qu'il est amoureux d'elle, ou plutôt qu'il n'accepte pas qu'elle l'ait éconduit en pleine idylle. Les cicatrices, il les a bien en tête, mais son visage, sa voix, sa présence le font replonger immédiatement. Elle le connait bien et en une fraction de seconde, elle passe sa main derrière sa nuque et lui adresse un baiser autoritaire, fougueux. Puis recommence. Mais Alan tend le bras vers son épaule, pour la stopper délicatement. Il lui explique aussitôt qu'il en rêve depuis toujours et qu'il ne demande pas mieux que d'aller dans cette direction, mais quelle sera l'issue ?
- J'ai très envie de toi, ce n'est pas la question. En plus nous n'avons jamais fait l'amour ensemble. Mais tu as une famille, j'ai moi-même un début d'aventure avec quelqu'un, alors certes rien d'installé, mais cette jeune femme existe aussi. Alors on réfléchit et on agit ? Ou l'inverse ?
- Tu as raison, soyons un tout petit peu adultes. Tu me sers un verre ? J'ai chaud là...

Alan leur sert un verre de Martini blanc bien frais, ils trinquent et elle dépose à son tour le même baiser sur la joue qu'à la péniche, en lui murmurant "n'empêche, je tiens absolument à ce que nous fassions l'amour ensemble, au moins une fois".

Chapitre 12

Alors la Bretagne fin mai, c'est ce qu'Alan préfère. Ce qui est probablement lié à son premier souvenir d'enfance. Toutes les feuilles sont là, les lumières sont magnifiques, le ciel est d'un étonnant bleu pur. Sur le panneau, il lit "Bénodet"... comme d'habitude, il emprunte la corniche. Ils ont mis cinq heures pile, impossible de faire moins maintenant, avec tous ces radars. Marion est réveillée depuis vingt kilomètres et découvre avec curiosité le havre de paix de son pilote. L'Odet est bleu et or, les arbres très verts, les maisons d'un blanc franc ou d'un granit chaud sous cette lumière vive, les petits bateaux de pêcheurs livrent le reste de la gamme arc-en-ciel.

Alan gare l'auto devant la plage, il descend, un peu ankylosé, puis avance en toute hâte... la mer ! Marion le regarde faire en souriant, puis se détache et descend elle aussi de la neuf-cent-onze.
- C'est beau ! Je comprends pourquoi tu es chaque fois heureux de venir ici.
- Et c'est encore plus beau que d'habitude.
- Ah oui, pourquoi ?
- Parce que tu es avec moi.
- Aaah, quel flatteur celui-là ! Lui répond-elle en imitant Marthe Villalonga dans "Nous irons tous au paradis".

Marion sait maintenant qu'Alan est très branché répliques de films, et elle fait l'effort d'aller sur ce terrain. Ce qui ne semble pas lui coûter beaucoup, elle a pas mal de références. Ce qui le scotche d'ailleurs ! Il s'illumine à chaque fois qu'elle lui sort une tirade, un morceau de dialogue choisi ou une imitation.

Pendant toute la matinée, il guide sa compagne dans cette région qui lui était totalement inconnue. Bénodet, Sainte-Marine, Combrit, l'Ile-Tudy, elle a droit au pèlerinage jusqu'à l'heure de l'apéro, chez Yann bien sûr !
- Oh, l'ami, comment vas-tu, peuchère ?
- Regarde, les parisiens débarquent !
- La saison arrive, ça va commencer à bouger dans ce bled de couillong.
- Installe-toi en face, à Bénodet, si tu t'ennuies ! Il y a toujours du monde là-bas le week-end.
- Té ! Trop de monde tu veux dire, c'est les Champs-Elysées le dimanche.
- Jamais content celui-là. Je te présente Marion, ma douce et tendre amie.
- Bienvenue Mariong.
- Non, pas Mariong... Marion.
- Eh... c'est ce que je dis, oooh fada... Mariong !
- T'es irrécupérable, Yann ! Bon, apéro s'il-te-plaît, avec les langoustines qui vont bien... sur le lit de tapenade ?
- Tout de suite, Môssieu.

Marion observe, sourit, elle semble subjuguée par le personnage.
- Il n'est pas d'ici, lui.
- Non, et ça il ne peut pas le cacher ! Mais c'est un garçon adorable. Alors ici, c'est l'apéro, c'est religieux.
- D'accord Monseigneur, je retiens.
- Ensuite, on va retourner en face, à Bénodet, pour retrouver les autres qui ne vont pas tarder à arriver. On déjeune vite fait, face à la plage, et on va installer tout ce petit monde à la maison.

Alan pose sa serviette sur la table, après s'être essuyé le coin de la bouche, satisfait par ce repas entre amis, dans ce resto qu'il connait si bien. La tablée de ce midi, au "Sans souci", c'est avec un plaisir particulier qu'il la partage avec ses potes. Une belle table ronde, au premier rang face à la mer, un plateau de fruits de mer on ne peut plus frais, le soleil. Il se dit que ça vaut la peine de bosser toute l'année, de s'arracher, si c'est pour vivre ce genre de moment précieux. Cette fois-ci, ils sont sur ses terres, pour la première fois tous ensemble, et il compte bien leur livrer tout ce qui vaut la peine d'être partagé.

Au départ du restaurant, Alan les invite à le suivre pour passer vite fait par le port de plaisance. Arrivés sur place, il descend et leur fait signe de regarder les bateaux en attendant. Lui s'engouffre dans le magasin d'accastillage marin, en quête de nouvelles fraîches concernant son moteur de bateau. Hélas, elles ne sont pas bonnes, la pompe à eau est grippée et la pièce n'est pas facile à trouver, modèle ancien, marque américaine... bref, cela s'avère plus compliqué que prévu. Mais le gérant le rassure, il va trouver et il l'aura pour l'été. Et voyant la déception sur le visage de son client, il lui propose un deal provisoire : le prêt d'un petit moteur plus moderne qui fonctionne. Alan ouvre de grands yeux et hoche un oui franc de la tête. Il ressort du magasin avec un moteur donc, qu'il couche sur les sièges arrière rabattus de son cabriolet, ravi de pouvoir concrétiser le petit morceau de programme qu'il avait en tête.

La visite du domaine s'achève, chacun a sa chambre d'attribuée, se repère dans la maison, cherche le bon couloir, la bonne salle de bain. L'organisation devient le sujet au moment où tout le monde se retrouve dehors sur la terrasse constituée d'immenses plaques d'ardoise. Marion propose aux copines de vider les sacs de victuailles que chacun a apporté, ce qui évite de

se précipiter dans le supermarché du coin le jour de l'arrivée. Les garçons quant à eux déchargent le moteur et l'emportent vers la dépendance. Alan sort la clé et ouvre la grande porte, derrière laquelle les attend le Kergoat. Il leur dévoile le petit canot en soulevant la toile et leur explique que le challenge consiste à le remettre à l'eau. Le bon côté, c'est que c'est le meilleur moyen de visiter les bords de l'Odet. Le moins bon, c'est que rien ne dit qu'il tient bien l'eau, après tant d'années au sec. Il tire sur la remorque et sort le bestiau. A six sur la barquasse, même si elle fuit un peu, ça peut vraiment être drôle ! Et sympa. Ce qui ne manque pas d'interpeler Laurent.
- Juste une question : tu ne comptes tout de même pas nous embarquer tous là-dedans ?!
- C'est le clou du week-end, nous allons tous monter à bord du Kergoat.
- Tous aller à l'eau, tu veux dire !
- Certes, le risque zéro n'existe pas. Et à la limite tant mieux, ce ne serait pas drôle.
- Je sens que ça va être pour moi, le gag.
- Tiens, tu me fais penser qu'il faut que je prenne mon appareil photo.
- Très drôle, très fin !
- Mais ne t'inquiète pas, je suis issu d'une famille de grands navigateurs.

Et là, il éclate de rire, ce qui fait sortir tout le monde de la maison, Jacques en tête.
- On a raté un truc ?
- Non, pas encore, Laurent a juste quelques inquiétudes sur un éventuel risque de chavirage, il est insubmersible mon canot.
- C'est évident. Bon, un gilet pour Laurent !

Nouveau fou rire ! Ils sentent tous que ce petit week-end part très fort. Jacques et Alan serrent les attaches du moteur avec de grosses clés, Laurent secoue et replie la grande toile de protection. Puis tous les trois poussent l'embarcation sur sa remorque jusqu'à la cale en granit, au bout du terrain. Coup de chance, la marée est haute et il n'est nul besoin de descendre dans la vase en bout de cale. Un énorme anneau en acier rouillé, scellé dans le granit, permet d'attacher un bout et de parquer le canot en attendant l'embarquement. Ils chargent la nourrice, remplie d'essence, branchent la durite, et d'un coup de corde le moteur se lance. Les trois copains se checkent du poing en signe de victoire et remontent vers la maison en courant, heureux comme des ados.

Un château à gauche, un manoir à droite, un petit moulin, là, sous les arbres, une petite cascade, le silence est à peine voilé par le ronronnement du moteur intérimaire, qu'Alan maintient à un faible régime.
- Tout va bien, les enfants ?
- C'est parfait. Paaar-fait ! Dit tranquillement Jacques, installé à la pointe, assis sur le capot dans la position du Lotus.
- Nous sommes en harmonie avec ton univers. D'ailleurs, tu dois nous trouver bien silencieux, enchaine Sophie.
- Ce n'est pas pour me déplaire, c'est solennel quand on passe dans un endroit comme celui-ci.
- C'est pas mal, ouais ! Clappe Laurent, approuvant l'instant d'un hochement de tête admiratif.
- Marion, tu aimes ?
- J'adooore !
- Coool ! Allez, maintenant, petit changement de cap et retour paisible, avant que la marée ne baisse, sinon nous serons contraints d'accoster dans la vase, et ça... j'aime moyen !

- Jusqu'où peut-on aller, si on continue ? Demande Christelle.
- Jusqu'à Quimper, faire du shopping si on veut. Mais avec les marées, c'est le bordel, il faut vraiment bien calculer son coup.
- Ah ! On va plutôt dîner sur la terre ferme, si ça ne t'ennuie pas ! Renchérit Jacques, qui constate que le Kergoat tient bien l'eau, finalement, mais il préfère la sécurité.

Pendant que tout le monde se douche et se change, Alan part en direction du Guilvinec, le port où son oncle rentre chaque soir après une journée de pêche côtière. Il arrive juste au moment où le petit chalutier passe entre les balises. Une fois la coque au ras du quai, il saute à bord pour être le premier à voir ce qu'il y a dans les caisses. Puis son "Tonton" vient le retrouver, après avoir coupé le moteur.
- Alors, en balade chez les bigoudens ?
- Comme tu vois, je viens en plus te dévaliser en langoustines.
- Tu peux, j'en ai vingt caisses aujourd'hui. Tu veux aussi du Saint-Pierre et quelques dormeurs ?
- Ils sont énormes ces crabes ! Attends, je vais pas te vider le bateau, non plus.
- Tu ne viens pas si souvent, je peux quand même te faire plaisir.
- Tu parles, c'est que du bonheur tout ça. Bon, merci Tonton, tu passes à la maison quand tu veux, je suis là jusqu'à dimanche.
- Allez, kenavo !

Alan en profite pour s'arrêter dans une boulangerie mythique de Kérity, où l'artisan fait et vend les meilleures crêpes du monde, fraîches du jour, dégageant un parfum de vanille enivrant. Lorsqu'il arrive à la maison, tout le monde est sur la terrasse, l'apéro se prépare, il regarde Marion et lui trouve de plus en plus de charme, Sophie est sur les genoux de Jacques, Laurent joue avec les cheveux de Christelle.
- La vie est dure, à ce que je vois.

- On est mal, très mal ! Où étais-tu passé ?
- A la pêche.

Il leur présente les bestioles, des "huuummm" langoureux sortent de toutes les bouches.

Le dîner sur la terrasse leur permet à tous de se sentir déconnectés et dans une sorte de plénitude amicale. Alan avait envoyé une photo du Kergoat amarré à la cale, à leur retour, à son père, tellement satisfait de faire revivre ce trésor familial. La réponse de cet homme d'habitude peu démonstratif était émouvante : "Bravo mon fils" !

Le lendemain matin, après un très convivial petit déjeuner dans la grande salle, direction le golf pour Jacques et Alan. Programme libre pour les autres. Les filles se préparent une petite virée marché-shopping, tandis que Laurent est hyper-motivé par le vide-grenier qui a lieu à Concarneau. Le Breton d'origine du groupe y serait bien allé aussi, mais il tenait à faire plaisir à cet inconditionnel du green. Ils se présentent sur le départ, personne en vue sur le début du parcours... le rêve ! Trou n°1, 380 mètres, Par 4, un plan d'eau et deux Bunkers, ça commence fort. Tout en étant très concentrés sur leurs distances, les approches et le choix des clubs, ils papotent en poussant leurs chariots.
- Tu sais, je voulais te remercier pour Sophie.
- Pourquoi donc ? Je n'ai pas fait grand chose.
- Tu me l'as juste amenée sur un plateau ! Elle est top, cette fille, c'est presque louche.
- Ah, toi aussi tu te demandes si ça ne cache pas un loup ? Je me pose la question, parfois, avec Marion. D'autant que j'ai l'impression de collectionner les débuts chaotiques.
- Bon, tu vois le drapeau, là-bas ?
- C'est ça, dis-moi que tu vas la mettre directement dans le trou !

Jacques remporte la partie haut la main, à force d'Eagle ou de Birdie à chaque trou, alors qu'Alan parvient tout juste à faire le Par. Mais ils se dirigent vers les voitures, heureux d'avoir découvert un superbe parcours et passé un excellent moment, entre potes, au milieu de la nature et d'un paysage idyllique. Le golf, c'est aussi ça !

Ce week-end prolongé est une suite de joies, de calme, de découvertes, de rires, de tendres intimités, de bonheurs culinaires, de visites improvisées, à tel point que le dimanche après-midi, ils décident de faire un dernier sitting à la plage de l'Ile-Tudy. Avant, ils rangent le bateau, sortent les bagages, ferment la maison... et tant pis s'ils font la route tard, s'ils arrivent sur Paris en début de nuit, car ils sont unanimes : cette après-midi se déroulera sur la plage ou ne sera pas !

Chapitre 13

La semaine suivante fut, pour Alan, une avalanche de bonnes nouvelles. Deux nouveaux clients, dont un vraiment important, viennent de choisir son agence pour gérer leur budget. Ensuite, c'est l'architecte de la Louveraie qui fait pulser la cadence des travaux et lui annonce que la cuisine sera terminée sous dix jours. Enfin, Jacques l'appelle pour lui proposer un week-end prolongé au Pays Basque.
- Ton agence pourrait se passer de toi vendredi ? Ça nous ferait quatre jours avec le lundi qui est férié.
- Ah oui, c'est vrai. Ecoute, pas de problème pour vendredi, je peux même décrocher mercredi soir.
- Pas con, ça ! On descend le soir, en caisse, les filles nous rejoignent jeudi soir par avion, et nous on a le temps de se faire un golf, et peut-être même un coup de bateau.
- Vendu ! Bon, je me bouge alors, parce qu'on est déjà mardi. On se rappelle demain ?
- Ok, à demain.

Avec les nouveaux dossiers qui se pointent, il a intérêt à profiter de ces quelques jours de répit. Du coup, il se lance dans un rangement spectaculaire des bureaux et surtout de son coin création, où les planches de papier, de bristol et de calque sont éparpillées, les feuilles volantes s'empilent sur des piles de bouquins de typographie devenus inaccessibles, les feutres trainent un peu partout, les books photo et les magazines ont été abandonnés, grand ouverts, là où il restait de la place. Bref, le paysage classique après une semaine de "charrette". Delphine l'aide beaucoup. Cette jeune femme est une perle, mais elle a son petit caractère ! Il doit user de subtils stratagèmes lorsqu'il a besoin de services qui ne l'enchantent guère, genre un café. Mais en fait, c'est très bien ainsi, car il ne supporterait pas quelqu'un qui fayotte. La résistance de sa petite Fifine est une preuve d'intelligence, sans compter que son travail est toujours nickel-chrome. Jamais lunatique, toujours souriante, sauf quand ça ne va vraiment pas, ce qui était récemment le cas. Un gros chagrin d'amour !

Un soir, vers vingt heures, le jeune patron dynamique repassait par l'agence après un long rendez-vous. Au pied de l'ascenseur, il avait découvert sa fidèle assistante en larmes, les yeux explosés, la mine désespérée.
- Houlàlà, ma Delphine, que se passe-t-il ?
- Rien, ça va aller.
- Ouais-ouais-ouais... c'est rien, bien sûr ! Mais tu remontes avec moi quand même. Je ne te laisse pas partir dans cet état, surtout en voiture. Lui dit-il fermement en l'aidant à se relever.

Ils s'étaient donc installés dans sa bulle, avec un bon scotch de dix-huit ans et une bonne clope. Elle lui avait raconté comment son mec s'était fait la malle, embarquant ses affaires la journée et s'expliquant par téléphone le soir, en lui mettant tout sur le dos, elle était la grande coupable !
- Ecoute Delphine, je sais que ça fait mal. Mais une fois que tu auras pris un peu de recul, tu te sentiras certainement libérée quelque part. On ne s'amuse pas à faire souffrir comme ça, à moins d'être un idiot de base. Alors aujourd'hui, tu te sens mal, mais dis-toi que tu mérites bien mieux.
- C'est gentil ! Mais comme tu dis, ça fait mal.
- C'est dur au début, une petite semaine tout au plus, après tu verras qu'autour de toi, il y a plein de belles choses à vivre et

que, encore et toujours, ce sont tes meilleurs amis qui seront là pour te faire sourire à nouveau.

- Tu as sûrement raison.
- Vous avez vécu longtemps ensemble chez toi ?
- Assez pour que ça m'angoisse de m'y retrouver seule.
- Bon, alors tu sais ce qu'on va faire ? Ce soir, on passe tous les deux chez toi, tu prends des affaires, on va se faire un super dîner et tu viens habiter quelques temps à la maison. Tu connais l'appartement, c'est assez grand pour qu'on ne s'y croise qu'à peine.
- Tu es fou, je ne vais pas venir t'envahir avec mes problèmes !
- Qui te parle d'invasion ? Je te propose juste quelques jours de divertissement, on va bien se marrer, tu vas voir... Et puis ce week-end, on ira tout changer chez toi, pour que ça redevienne ton petit nid. D'ac ?
- T'es vraiment adorable, mais ça me gène...
- Allez Fifine, on y va... j'ai la dalle en plus !

Son sourire était déjà revenu, le soir même. Elle était restée avec lui une dizaine de jours, le temps de métamorphoser son appart. Ils sont sortis, ils ont reçu, ils ont passé des soirées entières à discuter. Puis vint le dernier soir, elle était rentrée avant lui et lui avait préparé un festin de Roi, couronné par un excellent Ruinart. Il finissait gentiment sa flûte lorsqu'elle revint de sa chambre... en sous-vêtements ! Elle était très attirante, du reste, avec son corps d'éternelle adolescente.

- Tu vas te coucher ?
- Non, je te fais un petit défilé sexy.
- Delphine... qu'est-ce qu'il t'arrive ?
- Il m'arrive que je veux te remercier pour tout ce que tu as fait pour moi, et il se trouve que j'ai très envie de faire l'amour. Alors je pensais qu'un gros câlin, tous les deux, avant de retrouver nos vies, ce serait plutôt sympa !

Pas le temps de répliquer, elle avait déjà dégrafé son jean's. Il aurait bien résisté un peu, pour la forme, mais... Ils ont baisé toute la nuit ! C'est le terme qui convient. Sa Fifine s'était transformée en véritable volcan, lui offrant tout son corps, sous tous les angles, avec une incroyable faim d'orgasmes.

Ils en gardent aujourd'hui un souvenir particulier, les allusions à cette nuit ne les gênant ni l'un, ni l'autre, au contraire. Alan est même presque sûr que cela pourrait se reproduire un jour, si l'occasion se présentait, sans malaise. Ils se respectent énormément, et ils ont un secret complice : pour les deux, c'était un pied énorme, chacun ayant laissé sortir le côté animal qui était en eux.

En attendant, ils rangent, et ça ne fait pas de mal. Le soir, ils font un point sur les dossiers en cours, la compta, la trésorerie, les messages, puis il lui annonce qu'elle va devoir se passer de lui pendant deux jours.
- Je pars demain soir à Saint-jean, pour recharger les accus avant le gros rush !
- Tu as bien raison. Moi je vais profiter de ce long week-end pour prendre l'air de la mer aussi.
- Ah, bien ! Où vas-tu ?
- A Cabourg.
- Génial, j'adore !
- Arrête de répéter ça sans cesse ! Ça sort de quel film encore ?
- Jet Set ! Mais c'est plus qu'une réplique de film, ma Fifine, c'est un souvenir de week-end avec mes potes. C'est ton nouveau mec qui t'emmène ?
- Non, nous partons entre "gonzesses", avec dans la valise des maillots de bain très sexy.
- Pense aussi à prendre une polaire, je te rappelle que tu vas en Normandie !

- Et alors... on est fin mai, non ?
- T'as raison, on n'a qu'une vie.
- Bon, je file. A demain Boss.
- A demain, Delphinette. Merci pour tout.

Il la regarde sortir, se fait la réflexion pour la énième fois qu'elle a un joli petit cul. Il parait qu'il est le seul à avoir visité cette merveille, alors qu'il y a trois millions de personnes par an qui vont au Mont-Saint-Michel. Cette comparaison n'a aucun rapport, mais elle lui vient à l'esprit malgré tout, en publicitaire perturbé ! Il secoue la tête pour se laver l'esprit.

Malgré le bon air du Pays Basque, Alan se fait encore battre au golf ! Ça partait bien à chaque trou, mais il a tout foiré dans les approches, un grand classique chez le joueur occasionnel. Quant à la mine réjouie de son pote Jacques, inutile de commenter. Ils déjeunent sur place, puis direction le port, pour sortir le magnifique semi-rigide qu'il partage avec son frère qui vit là-bas. C'est autre chose que le Kergoat, les deux moteurs s'échauffent le temps de rejoindre la baie, puis la horde de chevaux se met à cavaler sous l'action de la manette. Un petit coup d'œil au sillon qu'ils laissent derrière eux... aucun doute, ça envoie du pâté !

Ils virent à bâbord, direction l'Espagne. La mer est d'huile, condition rêvée pour faire du ski nautique. A tour de rôle, les deux potes se relaient aux commandes et au bout de la corde. Alan n'a pas la dextérité de Jacques, mais il s'amuse déjà au troisième essai et parvient à sauter le sillon laissé par le coup de gaz nécessaire à la traction. Une heure plus tard, ils se posent un peu pour dévorer leur sandwich club puis jettent l'ancre pour faire une apnée et explorer les fonds. Puis ils rentrent paisiblement, scrutant la côte et s'arrêtent à l'entrée du port, pour faire le plein. Les jambes pliées comme les sirènes, assises au bout du ponton, deux petites minettes, déjà bien bronzées, les observent sans en avoir l'air. Alan saute pour amarrer, puis Jacques le rejoint pendant que la pompe débite. A ce moment-là, elles se lèvent et reviennent vers eux, l'air de rien. Mais forcément, une fois à leur hauteur, elles s'arrêtent.

- Vous sortez en mer ou vous en venez ?
- Nous en venons.
- Dommage, il est si beau ce bateau. Vous comptez ressortir demain ?
- Probablement, mais nos chéries arrivent ce soir, alors cela risque de moins vous intéresser.
- Tant pis, bonne soirée messieurs. Voici nos numéros de portable, au cas où...

Les deux potes se regardent, interloqués.
- Nous sommes d'accord : quand on est célibataire, aucune nana ne nous approche à dix kilomètres à la ronde.
- Je suis bien de ton avis, Lanou, c'est inhumain !
- Tu m'appelles Lanou, toi, maintenant ?
- J'ai entendu ton assistante te dire "bon week-end Lanou", quand je suis passé te chercher hier, j'ai trouvé ça mignon.
- Ben justement, c'est l'exclusivité de Delphine.
- Tu peux retourner à la maison chercher ton humour ? Tu l'as laissé dans l'entrée je crois.

Morts de rire, ils ramènent le bateau à son anneau puis partent faire un petit tour dans le centre ville. Ils s'achètent du jambon espagnol, du vin, du fromage basque, des chipirons à l'encre, du bon pain frais, du gâteau basque bien évidemment, bref c'est l'heure des petits plaisirs. Dix neuf heures, alors qu'ils se prélassent sur la terrasse, le téléphone de Jacques sonne.

- Oui Sophie, comment ça va ma puce ?... Ah bon ?... Et elle ne t'a pas appelée ?... Bon, tu embarques quand même, je vais voir avec Alan. A tout-à-l'heure. Bisous.
- C'est quoi l'histoire, elle n'a pas retrouvé Marion ?
- Non, et son portable est sur messagerie depuis un moment.

Alan lance l'appel... messagerie. Il essaie à son bureau... pareil. Il lui laisse un message...
- Je n'aime pas ça !
- Elle t'a bien dit qu'elle prenait le même avion que Sophie ?
- Oui, elles avaient rendez-vous au comptoir d'enregistrement à dix-huit heures.

Sophie sors du hall de débarquement... seule. Elle semble inquiète, elle aussi.
- Vous avez réussi à la joindre ?
- Non, Alan a essayé plusieurs fois, laissé des messages, mais rien.
- C'est fou, ça ! Je suis désolée, mon pauvre Alan.
- Tu n'y es pour rien, ma pauvre Sophie. De toutes façons, on va rentrer, il n'y a rien d'autre à faire.

Ils dînent tous trois dehors, il fait très doux. Les petites emplettes étaient idéales pour ce petit repas. Il n'y a que l'amertume d'une cruelle absence qui limite l'appétit d'Alan. Et le pire dans tout cela, c'est de ne rien savoir. Au moment du dessert, son mobile sonne enfin... c'est elle !
- Allo Alan, c'est Marion.
- Que t'arrive-t-il ?
- J'ai été retenue par mon boulot, dans une réunion imprévue. Impossible de te prévenir.

Il s'éloigne un peu, dans le jardin.

- Attends, tu ne crois quand même pas que je vais avaler ça. Si tu as quelque chose à me dire, sois franche, mais je ne veux pas de prétexte bidon.
- Bon, tu as raison... en fait, je ne viendrai pas ce week-end. Je suis désolée.
- Mais, Marion... pourquoi ?
- On va se séparer, Alan... ne m'en veux pas, je ne peux pas t'expliquer comme ça. On se verra la semaine prochaine...
- Ça veut dire que tu me quittes ?
- Oui ! Allez, il faut que je te laisse... amuse-toi bien.

Amuse-toi bien... Elle a un certain sens de l'à-propos ! Jacques, qui a compris, se précipite vers son ami pour le soutenir. Sophie leur sert un verre de vin, ils sont stupéfaits tous les deux. Les interrogations qui leur viennent immédiatement tournent court, parce qu'Alan n'a aucun indice. Il n'a rien senti venir, c'est si brutal. Sa nuit est longue, il ne trouve pas le sommeil. Son encéphale se met en cogitation accélérée, avec dix questions par seconde et les images qui vont avec. C'est seulement vers cinq heures que la fatigue l'emporte sur sa tempête de cerveau.

Les efforts déployés par son fidèle ami et sa compagne pour lui rendre le week-end moins douloureux sont impressionnants. Jacques propose même de rappeler les minettes rencontrées hier, ce qui le conduit tout droit à la questionnette.
- Quelles minettes ?
- T'inquiète pas, ma So-So, deux filles qui nous ont abordé hier, sur le port, parce qu'on avait un beau bateau. Rien de grave.
- Et alors ?
- Alors on leur a dit qu'on attendait nos chéries ce soir et qu'on était désolés.
- Alan ? Tu confirmes sa version ?
- Mot pour mot. Mais ne t'embête pas, j'ai pas trop le coeur à

ça, tu sais.

- On verra ça ce soir. En attendant, on va se réserver une table dans le meilleur et le plus ancien resto de la ville. Après, on passe voir mon frère, petit tour de bateau, petit plouf dans sa piscine, apéro, et puis je vais appeler une des deux jeunes filles, nous verrons bien.

Effectivement, ce soir, Alan est positivement entouré. La balade en mer lui a ouvert l'appétit, d'autant plus qu'Alexia, une de leurs deux rencontres d'hier, est venue les rejoindre au port. Son joli minois, sa peau bronzée, son maillot sexy et ses regards appuyés ont eu raison de son chagrin intérieur. Ses yeux lui disent, pendant ce dîner, qu'elle aimerait bien que cette soirée ne soit qu'un début. Bizarre, ça !

Il se lève en lançant un clin d'oeil au Jaco, qui le rejoint aux lavabos. Oui, il sait, il aime bien faire des réunions dans les toilettes des restos !

- Que lui as-tu dit au téléphone ?
- A qui ? Alexia ?
- Non, à la Reine-Mère !
- Juste qu'il y avait une place pour une sortie en mer, après le forfait d'une des chéries évoquées hier.
- Et elle t'a dit "bingo, j'arrive", comme ça !
- Non, elle m'a posé plein de questions, genre "c'est qui au juste le malheureux qui se retrouve seul", "pourquoi tu m'appelles moi, et pas mon amie"...
- Tiens, bonne question, ça : pourquoi elle ?
- Enfin... Je n'ai plus besoin de te demander laquelle tu préfères, après toutes ces années.
- Oui, tu as raison, excuse-moi !
- Mais, c'est quoi le souci, elle ne te plaît pas ?
- Je voulais juste savoir si tu l'avais briefée, genre "mon ami a un

gros chagrin, fais en sorte qu'il oublie vite". Parce qu'elle est en train de me faire les yeux du chaton qui va me picoter le ventre toute la nuit.

- Ça, c'est plutôt bon signe, et arrête la parano, si ça se trouve, elle a déjà craqué sur toi hier. Allez viens, profite !

Le soleil lance ses premiers rayons sur la nature encore brumeuse lorsqu'Alan pose un orteil dehors, il doit être sept heures environ. La Rhune, cette montagne pyrénéenne sur laquelle ils ont une vue magnifique, arbore des formes douces sous cette lumière ambrée. Il fait du café, pendant que tout le monde dort encore, pour se réchauffer devant ce superbe spectacle. Pas de doute, il va faire beau. Puis il retourne dans sa chambre, Alexia ouvre un oeil.

- Salut !
- T'es déjà levé ?
- Je suis très matinal comme garçon. Je vais à Ciboure acheter des croissants. Tu les aimes ?
- Je préfèrerais un petit câlin avant». Dit-elle avec une jolie moue et en tendant les bras.

Elle est tellement mignonne, si souriante, le parfum de sa peau est un bonheur. Le moral d'Alan n'a que peu souffert dans cette affaire, il a devant les yeux des petits seins pointés par le désir, ronds et fermes, au dessin parfait. Il ne prend pas encore de vrai plaisir, mais il trouve agréable de se laisser aller dans les bras de cette jolie minette. Il apprécie au passage d'être aussi fermement entouré dans l'intimité de cette jeune femme. Vingt ans ! Elle en a de la chance...

Chapitre 14

Ça y est, c'est l'été ! Enfin presque, car ce n'est que le début du mois de juin, mais les températures parisiennes proches des 27°C et les tenues minimalistes des femmes dans la rue sont un indicateur certain. Après la douceur du printemps et la renaissance de la nature, on assiste maintenant à l'arrivée des masses d'air chaud, ce qui provoque une mutation radicale des comportements. Les pelouses sont prises d'assaut, les fontaines très courues, les terrasses des cafés ne désemplissent pas, les marchands de glaces fleurissent et les clims ronronnent.

L'ambiance générale est donc guillerette, ce qui ne manque pas de rappeler à Alan qu'au printemps de sa vie, ces signes voulaient dire fin d'année scolaire et grandes vacances imminentes. Le conseil de classe passé, les récrés étaient plus longues. Il se souvient même qu'à l'école primaire, la dernière semaine, chacun amenait des jeux.

Aujourd'hui, sa vie est censée être en mode été, dans la tranche 25-50 ans. C'est une interprétation personnelle, bien sûr. Disons qu'il s'arrange d'avance pour envisager un hiver court, soit mathématiquement après 75 ans. Mais été de la vie ou pas, l'affaire Marion lui a coupé les jambes dans une période où il déborde d'optimisme. Ce qui le conduit à pousser la réflexion plus loin, car il constate aussi que les conquêtes ont tendance à se multiplier ces derniers temps, ce qui n'était pas le cas avant. Il y aurait donc un zénith à la période amoureuse, où les pouvoirs de séduction s'entremêlent, où les aventures se croisent pour

se décroiser aussi vite. Marion l'a rappelé quelques jours après ce week-end, tout de même consciente qu'il avait le droit à une petite explication. Ils ont convenu d'un dîner, près de chez elle, et c'est pour ce soir ! Malgré sa désinvolture, il soigne son apparence, considérant qu'il y a encore une carte à jouer. Mais il n'y voit pas bien clair dans son jeu. Tout dépend en fait des raisons qu'elle va invoquer. Il va donc devoir faire tomber les "As" à l'improvisation. Pas gagné, mais jouable.
- Allo Marion, c'est Alan. Je suis devant chez toi.
- Monte...

Ça déjà, ce n'était pas prévu ! Une fois dans son appartement, il revoit certaines scènes, notamment celle où elle le traînait sur la moquette pour le conduire dans sa chambre, ou encore leur petite dînette de retrouvailles.
- On ne devait pas aller au resto, à côté ?
- Finalement, je nous ai préparé une petite dînette. Ce sera plus facile pour se parler. Ça t'ennuie ?
- Peu importe le cadre en fait, du moment que je repars avec le sentiment d'avoir compris.

Sa fermeté la fait hésiter un instant. Le visage d'Alan s'est figé au mot "dînette". Elle lui ressert la même, en noir et blanc, il déteste cela.
- Tu m'en veux beaucoup ?
- A ton avis ? Imagine que tu sois en week-end, avec ta meilleure amie, tu passes une journée vraiment sympa, en plus tu sais que ton Chéri va te rejoindre le soir même. Et puis plus rien... pas d'amoureux à l'aéroport... le téléphone sur messagerie... envolé le petit copain. Mais pas dans le bon avion ! Après quelques heures de doute et d'angoisse, il t'appelle enfin, pour te dire qu'il ne viendra pas et que tout est fini.

Silence. Il se demande si elle se rendait compte. Elle se caresse la joue et plante ses yeux dans les siens.

- Je ne te mérite vraiment pas. Non seulement je suis invivable, mais en plus je te fais souffrir.

- C'est joli comme phrase, mais ça ne m'apprend rien.

- Je ne sais pas quoi te dire, je crois que j'ai fondu un plomb. Je comprendrai si tu ne me pardonnes pas.

- Pourquoi, tu attends un pardon ? C'est inutile, puisque tu me quittes !

- Justement, c'est pour cela que je voulais te voir, pour te demander de me laisser un peu de temps. J'ai mal agi mais je me rend aussi compte que je ne veux pas te perdre. Je dois faire le point, seule. Tu comprends ?

- Ah oui je vois, un enculage de mouche en règle. Et ça prend combien de temps, ce genre de séminaire avec ta conscience ?

- Tu me détestes à ce point ?

- Tu veux rire ? Si c'était le cas, je ne serais pas ici. Mais ça fait deux fois en très peu de temps que tu me laisses sur le bord de la route, puis que tu me dis "je suis désolée, je tiens à toi, pardonne-moi". Tu t'offres à moi, je t'ouvre mon coeur, et puis tu t'éclipses, sans prévenir. Tu réalises ?

- Alors tu m'en voudras toujours ?

- Ce dont je suis sûr, c'est que je ne peux rien construire avec toi, tu me plantes une fois sur deux alors que sincèrement, nous n'avons pas de vrais problèmes. Je ne peux ni ne veux être ton jouet. S'il-te-plaît, médite juste là-dessus.

Dans l'élan de sa réplique assassine, il se lève et ouvre la porte d'entrée.

- Tu ne restes pas dîner ?

- Ça fait une semaine que je n'ai plus faim ! Bonsoir, Marion.

- Alan ! Attend...

La porte claque, il dévale l'escalier, sort dans la rue... il respire...
il réalise, en souriant finalement, qu'il est courageusement parti !

Il arrive chez Jacques après lui avoir téléphoné de la voiture,
pour lui raconter "le dîner".
- Non !! Elle a osé. Attends, t'as bien fait de partir.
- J'en sais rien.
- Si bien sûr, elle exagère. Ce qui est fort, c'est que tu aies pu
résister à la tendre dînette, parce que là, il faut quand même
qu'elle comprenne. Et je crois qu'elle avait besoin de se prendre
une bonne claque.
- C'est pas vraiment l'effet que j'escomptais, mais j'en ai un peu
marre de me faire balader.
- J'imagine. Et Alexia ?
- Je ne l'ai pas rappelée, pourquoi ?
- Tu sais qu'elle vit à Paris.
- Ah bon ? Je croyais que c'était une locale.
- C'était, mais elle fait ses études ici.
- Et tu ne pouvais pas commencer par m'informer de ce détail,
espèce "d'axtoputz" (ce qui équivaut à "pet d'âne" en Basque).
- Pourquoi, tu as envie de la revoir ?
- J'ai surtout besoin d'oublier Marion, et au niveau thérapeutique,
il n'y a rien de mieux qu'une jolie jeune femme. Pas de questions,
pas d'états d'âme, de l'énergie à revendre et une grande soif de
découvertes.
- Pédophile !
- Je t'emmerde !

Ils dînent dans une brasserie, sous le signe de l'humour et des
projets. Cette soirée mal amorcée se termine plutôt bien, en
fait, grâce à son Jaco qui a répondu présent à l'appel de détresse
de son pote. Un ami !

C'est sous une pluie battante qu'Alan arrive à la Louveraie en ce samedi matin. Une averse de saison, l'air est chaud et le sol libère un parfum d'humus. Il gare son cabriolet devant la porte-fenêtre de la bibliothèque et décharge un écran TV qui, fort heureusement était parfaitement filmé et dans son carton. En revanche, l'intérieur de la voiture est détrempé. Il recapote donc et entre dans la maison. Tout le rez-de-chaussée est terminé depuis hier. La femme de ménage, une adorable voisine qui lui a été recommandée par la boulangère, a tout cleané aussitôt et le résultat est impressionnant. Les murs du salon et de la salle à manger sont désormais recouverts d'un immaculé blanc mat, légèrement cassé pour le réchauffer. Les moulures des plafonds ont été parfaitement restaurées, les portes en chêne soigneusement décapées puis repatinées. Même traitement pour les boiseries de la bibliothèque, où il compte d'ailleurs installer l'écran acheté ce matin, ainsi qu'une barre de son. Une heure plus tard, tout fonctionne à merveille. Il reste même bluffé par la puissance du matériel, il lance une playlist aléatoire et entend les premières mesures de guitare, jouées par Neil Rodgers, de « China Girl ». C'est probablement la première fois que de la musique retentit aussi fort à la Louveraie. A moins qu'il y ait eu une fête un jour, avec un orchestre de vrais musiciens, qui sait ?

C'est l'heure de passer à la cuisine, qu'il n'a pas encore vue, un petit creux se faisant sentir dans son estomac. Elle reste conforme à son origine, avec simplement les modifications nécessaires pour en faire une cuisine fonctionnelle, adaptée aux appareils actuels. Il avait dessiné son projet en s'inspirant d'une dizaine de reportages puisés dans les magazines. Il y avait des croquis pour chaque détail, des notes précises avec échantillons pour les matériaux et les finitions. Le résultat est parfait ! Alan inaugure donc les feux de cuisson pour se faire griller un tournedos. Une petite salade verte pour accompagner, un verre de Chinon pour couronner et ça va déjà mieux. Le café, il se le sert dehors, avec un morceau de gâteau basque rapporté de Saint-Jean, il se bichonne, en fait ! La playlist continue de tourner, il reconnait au loin "Child of vision", le dernier morceau du meilleur album de Supertramp selon lui, "Breakfast in America".

La pluie a cédé sa place à un resplendissant soleil, qui se fait fort d'effacer toute trace d'humidité. Ses rayons lui chauffent la peau et lui procurent le bien-être intérieur qui lui fait tant défaut en ce moment. Il ferme les yeux, fait un point rapide avec lui-même et en conclut qu'il faut profiter de ces bons instants et essayer de déceler les mauvaises rencontres, les personnes toxiques... L'interphone retentit. Il va dans le hall d'entrée pour voir à l'écran qui vient perturber cette exquise pause café. C'est une femme, plutôt jeune, inconnue.
- Bonjour, je suis la fille des anciens gardiens de la propriété.
- Entrez, je vous ouvre.

Alan est trop satisfait de cette installation, qui permet d'ouvrir le portail ou de déclencher la gâche du portillon depuis la maison. Les artisans ont d'ailleurs bien galéré pour ressusciter le portail, qui fait son poids visiblement. Il ne vient pas de la grande distribution, ça c'est une évidence !

La demoiselle approche, elle semble avoir la trentaine, porte une robe d'été en lin couleur chanvre, elle a les cheveux châtain très clair et animés de grandes boucles, des yeux azur, des petites tâches de rousseur autour du nez, une démarche légère et enjouée, un sourire à croquer, une ligne fine et gracieuse, c'est indiscutablement une belle jeune femme qui s'avance vers lui d'un pas décidé.

- Je m'appelle Charlène... merci de m'accueillir, je suis enchantée de vous rencontrer.

- Bienvenue, Charlène. Je suis Alan, l'heureux nouveau propriétaire de ces lieux. Installez-vous... je vous sers un café ?

- Volontiers !

La ravissante Charlène lui explique qu'elle a vécu toute son enfance ici. Le parc était son terrain de jeux lorsque son père y travaillait, et la maison était son rêve de jeune fille. Après le décès de Mademoiselle Amélie, ses parents avaient l'âge de prendre leur retraite et sont donc partis dans les Landes. Mais deux ans auparavant, elle s'était déjà installée à Suresnes, près de son travail dans une agence de décorateurs, à La Défense. Jean-Marc, le notaire, elle le connait depuis toujours. C'est d'ailleurs par son intermédiaire qu'elle a su que la propriété venait d'être vendue à un particulier.

- Je l'ai vu la semaine dernière. Il m'a confié que vous étiez très sympa et m'a assuré que je serais bien reçue. Alors me voilà !

- Mais quelle belle idée, vous avez bien fait ! Ça me fait vraiment plaisir de rencontrer une personne attachée à cette maison. Vous y êtes déjà entrée, j'imagine.

- Oui, mais en cachette, ça doit rester entre nous.

- Promis, je ne dirai rien. Mais je pense qu'une nouvelle visite s'impose, il y a eu quelques changements.

- Une visite guidée ? Formidable !

La blondinette est impressionnée par la restauration déjà engagée. Elle est devenue bien silencieuse, presque solennelle, une petite émotion s'est probablement installée sous sa poitrine. Je la raccompagne jusqu'au portail, elle se retourne pour me dire au revoir.

- Ça m'a vraiment fait un plaisir immense. Je vous remercie sincèrement, Alan.
- Si vous êtes libre un soir, Charlène, venez dîner.
- Euh... oui, enfin... je suis un peu surprise...
- Cela vous ferait plaisir de passer une soirée ici ?
Elle hésite, regarde à sa gauche, puis braque à nouveau son regard vers lui, d'un mouvement de crinière impeccable.
- J'en rêve depuis toujours !

Il lui lance un sourire interrogatif...
- Alors j'accepte ! Demain, vers vingt heures ?
- C'est parfait. Au revoir Charlène.

Alan est prêt, il est douché, rasé de près, habillé par Tommy, parfumé par Hermès. Il compte les nids dans les arbres du parc, avec Laurent, tout en lui expliquant ce qu'il s'est passé la veille.
- Pourquoi l'as-tu invitée ?
- Pour lui faire plaisir ! Cette maison, c'est son enfance. Et par la même occasion je fais une Bonne Action, c'est excellent pour mon karma.
- Toi, tu as flashé grave !
- Ben oui, mais qu'est-ce que tu veux, mon vieux. Ce n'est pas humain de me mettre des beautés pareilles sous le nez, aussi !
- Tu m'appelles demain ? On en reparle...

Vingt heures pile, le téléphone sonne.
- Coucou, c'est Marion. Je te dérange ?
- Pas du tout, bonsoir Marion.
- Tu as quelque chose de prévu ce soir ?
- Pourquoi ?
- Je voulais te proposer de me rejoindre au Trocadéro,

pour dîner avec un couple d'amis très sympas.

- C'est gentil, mais impossible, j'ai déjà un dîner.

- Oh non... tu ne peux pas décommander ? J'ai vraiment envie de te voir.

- Non, désolé Marion. Une autre fois...

- Alan, tu penses encore un petit peu à moi ?

- Je souffre encore, oui, souvent !

Il raccroche et sourit car il entend une voiture au loin. Il ouvre le portail à distance, elle se rapproche, il découvre ainsi qu'elle roule en Golf GTi première génération, Alan aime les femmes qui aiment les automobiles. Il la salue et la félicite pour ce choix d'une voiture mythique et désormais collector. Elle lève les yeux au ciel et lui avoue qu'elle est un peu en ruine.

Ils trinquent sur la terrasse, en regardant cette si grande maison, à laquelle son invitée semble être au moins aussi attachée que lui. Il fait encore bien jour, même si le soleil est déjà parti se cacher derrière le sous-bois de la propriété. Charlène est resplendissante, elle porte un chemisier écru coupé court et droit, sur un pantalon noir avec des jambes "trompette". Un savant chignon retient ses cheveux de manière faussement désordonnée, comme Sophie sait si bien le faire. Son maquillage est une oeuvre d'art, tout en subtiles touches et ses yeux brillent de mille feux sous l'éclat des photophores disposés sur la table.

Ils marchent un peu dans le parc, dont l'herbe est à peu près tondue désormais. Elle narre les histoire qu'elle s'inventait en jouant ici, puis ses années d'études, sa nouvelle vie, son métier qu'elle adore, puis cet espoir permanent de voir un jour cette propriété revivre, tout en redoutant de ne plus pouvoir y revenir.

Alan l'invite à se mettre à table et revient avec un feuilleté à la truffe sur son lit de pommes de terres à la crème fraîche, accompagné d'un Beychevelle de deux-mille-trois. Elle ferme les yeux, pousse un léger soupir de bien-être. Leurs regards se croisent, se fixent, ils se sourient.

Le fer rougit sur le feu, deux crèmes aux oeufs recouvertes de cassonade attendent dans leurs plats ronds en terre cuite. Charlène rejoint Alan dans la cuisine, puis observe la scène lorsqu'il saisit le manche du fer pour le poser sur le sucre brun qui, sous un nuage de fumée, se caramélise instantanément. "Vite, c'est prêt !". Ils courent vers la table, s'assoient en toute hâte, puis cassent délicatement la couche sucrée. Il la laisse goûter mais lui précise que c'est cent pour cent fait maison.
- Huuummm ! C'est chaud dessus, froid dedans, la crème est ferme et constellée de grains de vanille, comme je les aime. Et c'est vous qui faites cela ? Vingt sur vingt. Félicitations !

Encore un point commun ! Il en dénombre une bonne dizaine depuis le début de la soirée, comme d'habitude, lorsqu'il rencontre une inconnue qui lui plaît. Ils prennent un café sur la terrasse, l'air est encore doux, les étoiles les observent, elles leur font même des clins d'oeil. Ils continuent à se parler de leurs passions, de leur amour commun pour la Bretagne. Il est déjà une heure du matin.
- Je n'ai pas vu le temps passer. Je vais partir, la fatigue arrive, et j'ai déjà bien abusé de votre immense sympathie.
- Ah mais non, nous avons fait un sort à la bouteille de Saint-Julien, il est plus sage que vous dormiez ici. Demain c'est férié en plus. Je vais m'installer dans le salon et je vous laisse ma chambre. Vous allez voir, on y dort comme dans un conte. Et puis demain matin, vous retrouverez les croissants de Louveciennes, les meilleurs du monde !
- Non, vous êtes fou, Alan, vous savez que je risque de ne plus

vouloir repartir après une telle expérience.

- Venez, je vous accompagne.

Alan tente de comprendre ce langage féminin, qui cache parfois un message par son contraire, et il s'autorise à penser qu'elle rêve de dormir ici depuis toujours. Et de fait, il lui force un peu la main. Elle semble effectivement épuisée, mais toujours très souriante. Il a à peine le temps de déposer du linge de toilette dans la salle de bains qu'elle s'est déjà nichée sous la couette. Il s'approche du lit, dépose un baiser sur sa joue, elle lui prend la main pour l'attirer vers elle et lui rendre ce baiser.

- C'était divin, je suis en plein rêve !

Elle repart, en fin de matinée, après leur premier petit déjeuner ensemble. Sa compagnie était douce, il pense à elle tout au long de la journée qui suit. Mais il n'a même pas son numéro de téléphone pour le lui dire.

« Delphine... As-tu vu passer une commande de notre client préféré, le marchand de soupe en boîte, Gerbos et associés ?

- Non, rien reçu de sa part.

- Cette enflure nous balade, avec ses travaux urgents et ses bons de commande qui n'arrivent jamais.

Alan est furieux ! Dans son panel, il a une brebis galeuse. Un client qui a toujours deux commandes de retard au niveau des règlements ! Et il vient de lui balancer un mail hautain quant à la livraison de ses catalogues de l'automne. Il attrape son téléphone, et passe avec succès, grâce à une bonne cuillère de miel, l'habituel barrage secrétaire.

- Bonjour c'est Alan. J'espère que tu as une explication pour le ton de ce mail.

- Je n'ai rien reçu pour le prochain catalogue, aucune maquette, et la dead-line approche.

- Ton catalogue ? Mais mon pauvre ami, si tu étais un bon payeur, on te déroulerait le tapis. Mais à ce jour, je n'ai pas de devis signé, pas de bon de commande, nous avons te concernant un en-cours de cent-cinquante-mille euros sur le premier semestre. Tu imagines bien que je me pencherai sur un prochain sujet lorsque tu auras libéré mon esprit de ces petits désagréments.

- Attend, ne le prend pas comme ça, c'est juste un petit contre-temps.

- C'est dans ta cour maintenant. Tu régularises, et je commence à m'y intéresser.

- Tu ne peux pas me planter, tu as le brief depuis un mois.

- Tu es sans scrupules, dis-donc. Et moi je te fais la banque depuis six mois, ça va j'ai de l'avance, non ?

- Bon, c'est vrai, excuse-moi. Je te fais un virement de suite. Mais tu ne me laisse pas tomber pour ce catalogue !

- Fais le virement, envoie le bon de commande, et je te dis quoi.

A peine a-t-il raccroché que Delphine déboule dans son bureau.

- Il est un peu dur lui, non ?

- Carrément, mais ça paie les charges. Cela dit, quel sport pour aller chercher le blé à chaque fois. Tu regarderas sur le compte dans la journée, on doit recevoir un virement de sa part, et la commande par mail du prochain, et après il dégage !

- On repart sur une bonne base, du coup.

- Une bonne base, ça n'existe pas chez ce mec-là. Il va nous envoyer un quart de la somme et toujours pas de bon de commande, tu vas voir !

- Il en crèverait s'il n'avait pas son catalogue pour la rentrée, on le tient par les burnes, tu me le laisses, il va ramper.

Delphine ! Que ferait-il sans elle face à cette jungle de truands ? Lui, le créatif, absorbé par son univers et parfois trop souple en affaires.
- Alan, une certaine Charlène... tu prends ?
- Ah oui bien sûr, merci !
- Bonjour Alan, comment allez-vous ?
- Vraiment bien, depuis trois secondes, votre voix me manquait.
- Je le savais, c'est pour cela que je vous appelle !
- Vous êtes perspicace en plus !
- En fait je voudrais vous inviter à dîner, à mon tour, dans mon humble trois pièces.
- Avec plaisir... quand ?
- Ce soir ?
- D'accord... Je veux bien votre numéro de téléphone cette fois, il m'a beaucoup fait défaut après votre venue à la Louveraie.

Vingt heures trente, Suresnes, un bouquet de roses multicolores imposant dans le creux du bras gauche, une bouteille de Champagne glacée dans l'autre main. Alan sonne...
- Bonsoir !... Oooh, il ne fallait pas.
- Mais si, il fallait. Vous pensiez peut-être que je vous avais oubliée, alors je me dois de vous rassurer à ce sujet.
- ... c'est-à-dire ?
- Vos coordonnées, je ne les ai jamais eues !
- Je me posais la question, justement.
- Et si cela avait été le cas, vous sauriez déjà que j'ai passé un excellent moment en votre compagnie et que depuis je pense souvent à vous.
- ... (silence).
- Je peux entrer ?
- Oh ! Bien sûr, excusez-moi, je suis confuse !

Charlène invite Alan à s'installer dans le salon, la pièce majeure de l'appartement, qui fait office de salle à manger si l'on s'installe au bar de la cuisine ouverte. Les murs sont drapés de velours rouge carmin. Un buffet bas Henri II, blanc cassé, usé, patiné et ciré, ressort donc de plus belle. Le sol est un vieux parquet en chêne, disposé à l'anglaise, sur lequel s'impose une ravissante méridienne, couleur lin. On sent bien que la maîtresse de maison est décoratrice, chaque détail s'harmonise avec l'ensemble, décidément très "cosy".

- Je crois que je vais faire appel à vos talents, pour la décoration de ma nouvelle maison.
- Vous vous en sortez très bien, d'après ce que j'ai déjà pu voir.
- Oui, mais il y a encore quatre chambres à refaire entièrement. Cela veut dire trouver un style pour chacune, voire même un nom, enfin un truc plus original que "la chambre bleue", "la chambre rose"... voyez-vous ?
- (Elle rit) Oui, je vois très bien. Ecoutez, ce serait avec plaisir, mais je ne veux pas vous imposer mon style, il faudrait que l'on y travaille ensemble, à la limite.
- C'est exactement ce que je souhaiterais !

Alan lui explique sa passion pour les brocantes, la restauration des vieilleries et son souhait d'originalité pour ce projet. Il insiste sur le fait que s'il faut modifier des choses sur ce qui a déjà été restauré, il est tout à fait ouvert. En une heure, ils ont déjà énuméré une liste impressionnante d'idées, et ils tombent d'accord sur le principe de base : il y aura la chambre "chalet de montagne", la "cabine de plage", la "campagne normande" et enfin, sur le thème de l'automobile ancienne, la chambre "Monte Carlo". Ils baptisent dans la foulée "suite provençale" celle qui est déjà restaurée. Charlène avait sorti un carnet de croquis et ils crayonnent tous deux, chacun à un coin de la page, les idées qui viennent pour ne rien oublier.

- Vous avez des projets pour ce week-end ?

- Oui, mais s'il s'agit de le passer à la Louveraie, à faire de la déco, je peux annuler.
- Je pensais justement passer deux jours là-bas, avec blocs et feutres. Mais nous pouvons prévoir un autre week-end, ça ne m'empêche pas d'avancer sur autre chose.
- Inutile, je serai avec vous pour le week-end. D'autant plus que j'ai déjà ma chambre !
- Absolument ! Vous y aviez bien dormi ?
- Merveilleusement bien. Mais je plaisante, c'est à moi de dormir dans le salon cette fois.
- Ce n'est pas négociable, Charlène. La clé de la "suite provençale" vous attend à la réception.

Le lendemain, en fin de journée, c'est l'éternel ballet des coups de téléphone du jeudi. Ce qui ne manque pas de faire criser Delphine, car le dîner entre amis, quasi-hebdomadaire, nécessite pas mal d'appels avant de synchroniser tout le monde et de trouver le resto qui va bien. Seulement aujourd'hui, Alan doit filer, il a un rendez-vous avec un agent immobilier pour la mise en vente de son appartement.
- Bon, Delphine, je me casse.
- Tiens, tu prends ton après-midi ?
- Ha-ha, très drôle. Je te signale que j'ai monté ma boîte pour ne plus entendre ce genre de crétinerie. Tu renvoies les appels sur mon mobile dès que tu pars ?
- Je le fais de suite, alors, parce que je vous connais, tes amis et toi, vous allez passer votre vie à vous appeler.
- Ma Fifine... t'es malheureuse, ici, hein ?
- Tu n'imagines même pas !

Effectivement, le mobile sonne beaucoup ce soir. Alan finit par proposer qu'ils se retrouvent tous chez lui, pendant qu'il reprend le métrage de la surface habitable. Impossible de remettre la main sur les plans de l'appart. L'agent immobilier arrive, lui déballe son mandat d'entrée, puis repart, invité poliment à rejoindre le palier. Le jeune client aime les échanges, avant même toute idée de contrat, sinon il se braque. Il va donc se passer de ses services, car il y a, à fortiori, quelques dizaines de milliers d'euros d'écart entre l'estimation et son calcul initial !

Christelle et Laurent arrivent les premiers.
- Alors, m'sieur Alan, toujours célibataire ?
- Eh oui, ma pauvre Christelle, personne ne m'aime.
- T'es bête ! Et Marion ?
- Ah, Marion, c'est une erreur de parcours, je laisse tomber. Mais elle m'a rappelé, samedi dernier je crois.
- Ah bon ? Elle voulait quoi, la méchante ?
- Me proposer un dîner en ville, avec des amis. J'ai refusé, et c'était d'autant plus facile que j'avais une invitée.
- Ah bon, qui donc ? Allez, raconte !

Christelle, toujours aussi friande de sa page people. Laurent coupe court :
- Au fait, il paraît qu'il y a la copine de Sophie, ce soir. Comme ça, en attendant le conte de fée, tu peux toujours te taper la pulpeuse blonde aux gros seins.
- Laurent... t'es lourd !
- Ouais, je sais chérie, j'y travaille beaucoup.

C'est vrai qu'elle a une poitrine de folie ! Elle le sait d'ailleurs, le vertigineux décolleté de sa robe en atteste. Cela attire tellement le regard qu'Alan ne s'adresse pratiquement pas à elle. Le problème, c'est qu'elle s'installe à sa droite, au restaurant. Ils finissent à peine l'entrée qu'il sent son genou s'aventurer contre le sien. Elle a dû confondre avec le pied de la table. Non, elle continue, de plus en plus insistante. Il lui glisse un "attend au moins qu'on soit seuls" pour qu'elle se calme, il trouvera bien une pirouette pour s'en sortir plus tard.

Les amis se quittent devant ce sympathique restaurant du quartier latin, leurs voitures étant éparpillées dans ce dédale de rues où le stationnement est devenu une aventure en soi. Alan pensait être sorti d'affaire lorsqu'il entend la voix de Sophie :
- Mélanie, tu viens avec nous ?
- Non, Alan va me ramener.
- Ok, salut !

Il hallucine ! D'autant que la nana a aussi l'audace de s'accrocher à son bras dans la foulée. Il lui demande son adresse. Puis arrivé à la hauteur d'une station de taxis, il se baisse, le chauffeur ouvre la vitre, Alan lui lance « 27 rue de Passy ». Puis il ouvre la porte arrière et invite Mélanie à prendre place. Elle parait déroutée, l'interroge du regard.
- Mélanie, tu es jolie, agréable, vraiment attirante. Mais soyons honnêtes, ça fait un peu "plan cul", et je ne suis pas dans ce mode-là en ce moment. Je suis désolé.
- Non, toi pardonne-moi, j'ai été un peu entreprenante. Mais c'est de ta faute, tu es trop mimi comme garçon, on a envie de te dévorer.
- Allez, rentre bien, espèce de lionne !
- Appelle-moi, quand tu veux.

Enfin vendredi soir, enfin il est à la Louveraie. Alan aime de plus en plus sa nouvelle maison, même s'il a mis une heure pour y arriver. Départs en week-end ou en vacances, l'A13 était transformée en parking géant ! L'interphone retentit, c'est Charlène ! Lorsqu'elle entre, la maison change aussitôt. Il la laisse s'installer, se détendre, pendant qu'il finit d'accrocher un tableau qu'il stockait dans sa cave parisienne. C'est une acrylique sur toile personnelle, une de ses premières toiles, représentant un vaisseau amiral pris dans une tempête bleue. Cela ne va s'accorder avec aucun mur ici, il se résigne donc à la remettre dans son carton lorsqu'une voix lui glisse, par-dessus l'épaule : "il est magnifique, ce tableau". Il n'avait pas entendu Charlène s'approcher.

- Il est de qui ?
- D'un inconnu. Sans grand intérêt. Elle se penche pour lire la signature.
- Attendez... C'est vous qui avez peint cette toile ?
- Eh oui ! Mais elle ne va nulle part. J'attendrai que mon atelier soit fait pour la ressortir.
- Un atelier ? C'est une idée géniale, ça. Mais où comptez-vous le faire ?
- Dans l'ancien atelier justement... dehors.
- La dépendance, là-bas ? Je n'y suis jamais entrée.
- Ça vous tente ? Mais attention, c'est le royaume du cambouis et de la poussière.
- Peu importe, soyons fous !

Et les voici dehors, déambulant tranquillement, ils s'arrêtent à mi-chemin pour apprécier les lumières estivales, les parfums d'un soir d'été, la chaleur toujours présente. Les herbes folles le sont encore plus, Alan n'a malheureusement pas eu le temps de se pencher sur le chapitre "espaces verts". Mais le parc a son charme, ainsi livré à lui-même. Les pétales des fleurs de marronniers ont formé de superbes tapis sur le sol, tantôt blanc, tantôt fuchsia. Ils arrivent devant cette magnifique dépendance, qui a elle aussi besoin d'un vrai coup de jeune. Il ouvre la porte coulissante, vitrée à mi-hauteur.

- Et voilà. C'est ici que le papa de Mademoiselle Amélie exerçait ses talents.
- Incroyable. C'est encore plus grandiose que je ne l'imaginais. Toutes ces machines, tous ces outils. Et cette ébauche de voiture...quelle ambiance, c'est magique !
- J'hésite à changer tout ça, c'est vraiment l'endroit où l'on ressent le plus que le temps s'est arrêté.
- Oui, mais vous n'allez pas en faire un musée...
- Ce nest pas le but !
- Alors... vous le verriez comment, votre atelier ?
- Tel qu'il est, mais "clean". C'est déjà tellement vitré qu'il n'y a qu'à repeindre le bas des murs en blanc, mais il faudrait surtout débarrasser toute cette ferraille. Je garderais bien la partie établi-outillage ici, proche de l'entrée. Puis tout le fond consacré à la peinture, avec deux grands chevalets, de longs meubles bas de métiers, des meubles de typographes avec des dizaines de tiroirs.
- Magnifique, ce genre de meuble. J'adore !
- J'adore ! Euh pardon, enfin oui, pareil ! Ensuite, une longue et massive table de sculpture sous les verrières nord. Enfin, un tour de potier et un four, à côté de l'établi, par là.
- Rien que ça !
- Que voulez-vous, je suis tombé dans les arts plastiques quand j'étais petit. Je ne suis pas un cador pour autant, mais j'aime le contact avec les papiers, le bruit des brosses sur la toile, l'odeur de la peinture, la texture de la terre que l'on malaxe.
- Je le visualise parfaitement, je devine même les parfums. Vous n'avez pas hâte de l'aménager, de ressortir enfin vos pinceaux ?
- Si, bien sûr, mais je n'ose pas détruire tout ça.
- Alors j'ai une idée qui peut vous aider.

Son idée est excellente. Elle lui suggère de faire une série de photos, façon reportage, sur cet atelier fantôme. Ces images resteraient à jamais figées dans une sorte d'album spécial et il pourrait ensuite tout déplacer sans regret.

- Vous êtes géniale ! Si le temps s'y prête, je ferai ces photos dès demain. Vous me libérez d'un imposant dilemme, vous savez.

- C'est surtout que je suis impatiente, moi aussi, mais de voir vos toiles. Celles qui sont dans les cartons, là-bas, et que vous refusez de me montrer !

Ils retournent vers la maison, en plaisantant sur cette remarque. Le salon de jardin leur tend les bras pour un petit dîner sous la lune. Après le café, ils crayonnent sur leurs blocs, sans relâche, à la lueur des photophores, en listant chaque détail qui fera la réussite de la décoration de chaque chambre. La douceur de cette soirée les accompagne jusqu'à minuit. Pas de citrouille en vue, mais une demoiselle qui, malgré un joli sourire, donne des signes évidents de fatigue. Le marchand de sable semble être passé, elle embrasse son hôte sur la joue et lui souhaite une belle nuit. Alan s'installe sur un canapé en mode couchette, se lance un replay d'une émission de restauration de voitures anciennes, et s'endort au bout de dix minutes.

Il ouvre un œil, étonné d'entendre le chant d'un coq ! Non, il n'a pas rêvé, le coq recommence à deux reprises. Il avait laissé une porte-fenêtre ouverte, par laquelle il constate que le jour est à peine levé. Il se dirige vers la cuisine, au radar, pour se préparer un café. Deux toasts plus tard, il retourne dans le salon pour enfiler au moins un bermuda et un tee-shirt, puis cherche dans la bibliothèque sa valise photo, cette bonne vieille mallette en aluminium qui le suit quasiment partout. Il sort le boîtier, choisit une focale, charge une carte vide, saisit au passage le déclencheur et le trépied, puis démarre le shooting !

Le soleil illumine l'horizon derrière lui, juste visible entre les arbres et au-dessus du mur d'enceinte. Il est trop tôt, il faut attendre un peu. Il fait donc le tour pour repérer les vues et les cadrages qui l'intéressent. A l'intérieur, il arrange quelques détails et déploie le trépied. Une fois le flash armé, il commence à shooter. Vues d'ensemble sous plusieurs angles, puis quelques détails des armatures métalliques, de l'établi, des machines, des prototypes de voitures. Les rais de lumière passent enfin au travers des verrières, donnant à cette merveille d'architecture une dimension plus mystique encore. Il repasse à l'extérieur, la façade Est commence à prendre des couleurs, il brackette, tente des réglages improbables, estimant qu'il verra bien à l'écran. L'essentiel est dans la carte, il n'a plus qu'à attendre la fin de journée pour shooter les autres façades et refaire quelques vues intérieures, avec une autre lumière.

Sophie et Jacques débarquent à l'improviste, vers onze heures, avec un panier de victuailles. Alan est ravi et les accueille chaleureusement.
- Je vais justement vous présenter une jeune décoratrice qui va m'aider un peu pour attaquer la restauration des chambres, de l'atelier et peut-être même des combles.
- Les travaux avancent ? Je t'avoue que nous sommes carrément impatients de visiter. Lui confie Sophie.

Alan leur présente Charlène, pro de la déco et de surcroît fille des anciens gardiens de la propriété. C'est vous dire si elle connaît les lieux ! A peine son petit déjeuner avalé, elle s'est remise au travail et avance furieusement sur la chambre montagnarde.

La visite commence. Sophie craque sur le salon et la cuisine, Jacques s'extasie sur la bibliothèque et le système vidéo.
- Et les fauteuils ? On le regarde comment le film ?

- Justement, je cherche deux clubs en cuir, si tu as des idées...
- Pas là, non !
- Merci, c'est sympa. On passe à l'étage ?
- Allez...

La "suite provençale", elle ne laisse personne indifférent. Le simple fait d'y entrer vous projette au pied de la Sainte Victoire, cigales comprises. Les dimensions y sont pour beaucoup, et la sobriété du décor laisse chaque subtilité se détacher. Alan leur explique le projet pour les autres chambres, puis les multiples possibilités dans les immenses combles, déjà mansardés. Ils redescendent et dressent la table dehors pour un petit apéritif convivial. Alan sort une bouteille de Côtes de Provence ultra-fraîche et sert ses amis.
- On se prend un petit verre, et après je vous montre l'atelier.
- Volontiers. En tout cas, ça devient grandiose. C'est la jeune fille qui a fait la déco ?
- Non, je la connais depuis très peu de temps. Elle va m'assister pour la suite.
- Elle est mignonne, dis donc. C'est juste ta décoratrice, ou...
- Aaah... Sophie ! Je savais que ça te démangeait. Non, il n'y a rien que de la sympathie entre nous.
- Oh ! Alan, ose me dire que tu n'as pas des petites envies de tendresse quand tu es seul avec elle.
- Ok Jaco, je ne vais pas te faire croire le contraire. Mais, pour le moment, c'est "neutral", c'est "smooth". Alors on ne va pas tout gâcher maintenant ! Dit-il en exagérant le trait volontairement, à la manière d'un Lino Ventura.

Charlène arrive exactement au moment où ils reviennent de leur visite de l'atelier. Alan lui sert un verre de rosé et lève le sien en sa direction :
- A Charlène, pour ses idées lumineuses qui me font avancer à

grands pas.

- C'est tellement essentiel pour moi de travailler dans ce domaine. Je ne vous remercierai jamais assez. Ah sinon, j'ai découvert un petit antiquaire, dans une cour perdue dans le centre, un vrai grenier à trésors. C'est ouvert cet après-midi, juste comme ça pour info !

Les deux clubs sont désormais face à l'écran. Ces mastodontes de cuir camel trouvent parfaitement leur place dans cette pièce excessivement boisée et ornée de milliers de livres, dont les reliures s'accordent aux couleurs automnales de l'immense tapis. Jacques engage la phase test : bonne assise, toucher agréable, délicieuse odeur de cuir patiné. Alan allume l'écran, choisit un film proposé par le menu, "Le Mans 66", pas mal pour valider les fauteuils. Jaco acquiesce ! Les filles ont décidé de faire un gratin dauphinois et s'affairent autour de la grande table à gibier tout en papotant. Alan tend à son pote la télécommande et repart faire les quelques photos qui lui manquent de l'atelier. Les lumières rougeoient, les verrières prennent des reflets d'or. Il se régale ! A l'intérieur aussi, les volumes et les contrastes sont très différents du matin. Sur le compteur de l'appareil, il constate qu'il a fait plus de quatre cents vues. Cela devrait suffire, il pourra dès demain réagencer l'atelier.

En début de soirée, Christelle et Laurent les rejoignent. Ils s'activent tous à installer une jolie table sur la terrasse, avec l'envie de créer une ambiance fastueuse pour ce dîner d'été, un de ces soirs entre amis qui fleure bon les vacances, mais surtout dans un cadre peu ordinaire. Tous, sans exception, sont à l'affût des moindres faits et gestes de Charlène. Sophie est déjà une copine, Christelle se charge de lui conter leurs plus belles conneries, leurs plus gros défauts de mecs, bref de l'intégrer dans le groupe. Elle rit beaucoup, car elle en apprend de belles !

Il fait plutôt chaud en ce soir de fin juin, les amis s'éternisent dehors, se lèvent, se rassoient, à tour de rôle, discutent, rient, refont le monde. Puis ils abordent enfin le sujet des vacances, qui fait quoi, qui va où, ce genre de soirée leur donnant envie de se retrouver, plus longtemps. Le projet se construit assez rapidement : une semaine en Bretagne chez Alan pour commencer, suivie d'une virée au Pays Basque sur les terres du Jaco, et un final sur la Côte Bleue, où Laurent a une maison de pêcheur typique. Ils sont tous partants et enthousiastes. Mais Alan réalise qu'ils n'ont pas été très malins de faire ça en présence de Charlène, qui est restée en retrait. Il s'excuse immédiatement auprès d'elle et lui propose bien sûr de se joindre à eux si rien n'est prévu de son côté. Elle rit, soulagée peut-être, et répond qu'elle en prend bonne note avec un petit clin d'œil.

Les invités repartent vers trois heures ! Alan rejoint sa décoratrice préférée dans la cuisine, où elle grignote une part de cette excellente tarte aux fruits rouges.
- Tout va bien, Charlène ?
- Oh désolée, c'est de la pure gourmandise.
- Je vous en prie ! Avez-vous passé une bonne soirée ?
- Excellente. Vos amis sont vraiment sympas.
- Je crois qu'ils vous apprécient aussi. Mais vous m'avez semblé embarrassée sur la question des vacances...
- Alan...Comment dire ?... C'est adorable de me proposer ces vacances, d'être aussi attentionné. Je suis très touchée par tout ce que vous me faites partager, mais je dois vous avouer une chose... j'ai quelqu'un dans ma vie !

Chapitre 15

Le week-end du 14 juillet approche à grands pas, un tiers de la France est en vacances, un autre s'apprête à rejoindre le premier. Les décorations tricolores fleurissent un peu partout. La population a envie de musique militaire, de bals de pompiers, de feux d'artifices, de plages, de soirées en tee-shirts dans les stations balnéaires, de flirts dans les dunes de sable. La Fête Nationale, six mois après la nuit de la Saint-Sylvestre, deuxième fête obligatoire de l'année !

Jacques attrape son téléphone pour appeler Laurent.
- Dis, as-tu réussi à joindre Alan, ces jours-ci ?
- Non, pas depuis une bonne dizaine de jours.
- Bon, je rappelle Delphine, je vais la faire parler.

Elle avait des consignes, mais le Jaco est rusé, il ne lui faut que cinq minutes pour lui faire dire ce qu'il voulait savoir. Le soir-même, il se pointe à la Louveraie. Alan ouvre.
- Alors, tu fais le mort ?
- Non, je médite. J'ai décidé de me retirer un peu ici, au calme. Viens voir, je me suis installé un bureau dans les combles.

Ils montent les deux étages et débouchent dans cet immense espace, qui équivaut à la surface totale de la maison, moins la pente de la toiture et l'énorme charpente. L'escalier arrivant au milieu de ce grenier d'environ 150 mètres carrés, il a donc utilisé la moitié Est pour créer un espace de travail, son deuxième bureau en fait. Tout y est : ordinateur, tablette graphique,

scanner, imprimante, table de découpe, meuble à papiers... Il réalise un vieux rêve, avec en plus un mobilier de choix, des années trente, récupéré dans une vieille succursale bancaire parisienne par le brocanteur du coin.
- Tu as fait vite pour installer tout ça !
- Oui, mais je n'ai fait que ça pendant une semaine.
- Justement, nous étions tous un peu inquiets. Tu m'expliques ?

Alors son copain lui explique. Charlène était entrée dans sa vie au meilleur moment, lui permettant d'oublier Marion. Mais le soir où ils avaient dîné ici tous ensemble, elle lui avait avoué qu'elle n'était pas libre. Jacques semble étonné.
- Elle t'a dit "je ne suis pas libre" ?
- Non, elle m'a dit "j'ai quelqu'un dans ma vie" !
- Ouais, on peut analyser ça toute la soirée, mais en attendant viens, on va aller se manger un truc sur Paris, il faut que tu sortes un peu. Et puis rallume ton mobile, on ne sait jamais !

Le lendemain matin, après un rendez-vous client, Alan passe à l'agence. Delphine lui tend la liste des messages, mais pas de "Charlène".
- Ah, au fait, je ne l'ai pas noté, mais une décoratrice a essayé de te joindre plusieurs fois depuis deux jours. Elle n'a pas voulu me laisser son nom.
- Merci, Fifine. J'ai des coups de fil à passer, mais on se voit après.

Elle s'est donc manifestée ! Il hésite un moment avant de la rappeler, puis c'est en entendant sa voix qu'il retrouve le sourire. Elle était inquiète, elle aussi. Elle voudrait le voir ce soir. Rendez-vous est donc pris, à vingt heures, au "Flore".

Alan est en avance, il arpente les rues Bonaparte, Jacob, de Furstemberg et de l'Abbaye, s'imprègne de l'atmosphère insouciante de ce quartier en cette saison. Il y a autant de vie dans la rue que dans les appartements. Les bruits proviennent de partout, mais de hauteurs différentes, donc il ne se mélangent pas. C'est presque du son surround, se dit-il en levant un sourcil, cherchant malgré tout à identifier la source de chacun. Puis il revient sur le boulevard Saint-Germain et s'installe à la terrasse du Flore car, coup de chance, une table se libère.

Quelques minutes plus tard, il la voit arriver au loin, reconnaissant sa démarche, ses cheveux aux grandes boucles dansantes. Elle porte une robe légère bleu ciel avec de discrets motifs floraux. Il se lève lorsqu'elle arrive à sa hauteur.
- Vous êtes resplendissante, Charlène.
- C'est normal, je passe une belle journée !

Il l'invite à s'asseoir et fait signe au serveur. Il jette un œil à la carte des boissons, repère le rosé de Provence qu'il préfère, demande à sa décoratrice si cela lui convient, elle lève le pouce. Alan la questionne donc sur ce qui rend sa journée aussi sympa :
- Alors déjà, j'ai enfin eu de vos nouvelles, ça m'a redonné le sourire. Ensuite j'ai obtenu un pont de cinq jours. Du coup, je pars en Normandie, chez des amis qui ont une superbe villa à Houlgate. J'adore les feux d'artifices au bord de la mer. Et enfin, je suis là ce soir, avec vous !
- Je ne sais pas pour le reste, mais pour Houlgate, c'est franchement cool. Quand partez-vous ?
- Demain soir.

Les verres arrivent, ils trinquent à ce week-end national qui arrive et trempent leurs lèvres dans ce breuvage minéral, très frais, à peine coloré. Elle en ferme les yeux tellement ce vin est subtil.

- Et vous Alan, comment allez-vous occuper votre week-end ?
- Je vais faucher, tondre, tailler, biner... bref, tenter de redonner au parc de la Louveraie un vrai visage. Le pauvre jardinier qui le maîtrisait au début du vingtième siècle doit faire des bonds dans sa tombe.
- Oui le pauvre ! Mais ça fait un moment qu'il tourne, il n'est plus à une semaine près. Et surtout, j'ai une bien meilleure idée.
- Dites toujours...
- Ce serait que vous veniez me rejoindre, même pour un jour, ou deux... ou trois ? Vous verrez, mes amis sont comme les vôtres. C'est à mon tour de vous bichonner. Allez dites oui, insiste-t-elle en posant sa main sur le bras d'Alan.

Il ne comprend pas tout, mais il accepte. Aucune volonté de résistance face à ce regard si doux, le pauvre garçon. Pourtant, une fois dans la voiture, en retraversant Paris vers l'Ouest, il se pose la question évidente : et ce quelqu'un dans sa vie, il ne sera donc pas là ? Après tout, ça lui fera le plus grand bien d'aller respirer l'air de la mer, pour peu que les eaux saisissantes de la Manche dépassent les 17°C, ce sera aussi l'occasion d'un bon bain salé. Et puis lui aussi, il aime les feux d'artifices au bord de la mer !

C'est l'insomnie, sommeil cassé ! Il est cinq heures et depuis près d'une heure, Alan a les yeux grand ouverts, sans aucun signe de fatigue. Inutile de faire le tour du lit cent fois, il descend à la cuisine pour petit-déjeuner.

Enfant, il adorait la veille du départ pour les grandes vacances. Les sacs se remplissaient, il retrouvait ses affaires de plage et préparait les jouets indispensables pendant que son père essayait d'optimiser le chargement de la voiture, ce qui n'était pas une mince affaire. Il se couchait, avec une bande dessinée, pour essayer de trouver le sommeil. Le lendemain, c'était généralement un réveil vers quatre heures. Un peu tôt à son goût, mais une fois sur la route, il oubliait cet affront pour savourer les paysages, qui lui parlaient déjà de vacances et lui évoquaient des souvenirs de l'année précédente.

Aujourd'hui, il ne part que pour une journée, voire deux, mais l'excitation est la même. Ce petit périple sur la côte normande, en plein été, réveille en lui une foule de souvenirs. Il est également heureux à l'idée de retrouver Charlène, même s'il faut maintenant garder une certaine distance, ne pas espérer voir cette amitié se changer en quoi que ce soit. Il veut avant tout profiter de l'instant présent, c'est le mot d'ordre ! Et comme il s'est donné à fond dans le parc hier, avec son nouveau tracteur tondeuse fraîchement livré, il peut partir l'esprit libre.

Sept heures trente, il voit le panneau de bifurcation vers Honfleur. Pas idiot ça, un petit café sur le bassin, quelques photos, l'occasion de faire une bise à Joséphine, amie d'enfance de sa mère installée là-bas et sculptrice de talent par-dessus le marché. Sans hésiter une seconde, il change de file.

Il règne un calme absolu ! L'eau du bassin est presque immobile, les bateaux semblent dormir et le soleil levant caresse ces authentiques façades en bois et ardoise. Un peintre est déjà à l'œuvre, quelques vacanciers ou autochtones matinaux s'emparent de ces rares moments de quiétude, dans cet endroit d'ordinaire si prisé. Après avoir pris quelques clichés sur le marché, il déambule dans les petites ruelles pavées, au charme indéfinissable. Il appelle Joséphine et lui propose de lui apporter un croissant contre un bol de café. Elle éclate de joie. Ils se retrouvent, souriants, elle voit en lui sa jeunesse, il voit en elle son enfance. Puis ils observent par la fenêtre ce village qui, peu à peu s'anime. Les galeries et autres boutiques ouvrent leurs portes, les badauds arrivent par vagues, les camionnettes de livraison affluent. Il est temps pour Alan de quitter ces lieux.

La petite route qui longe cette Côte de Grâce est bucolique à souhait. Elle longe des espaces sauvages, puis de sublimes propriétés, traverse des hameaux absolument charmants. Si bien qu'en arrivant à Trouville, on est déçu qu'elle soit si courte. Décapotée, la neuf-cent-onze traverse la Touques pour entrer dans Deauville et croise plein de copines. La lumière est belle, Alan se range en face de l'hôtel Le Normandy pour aller sur "les planches", mais surtout pour marcher pieds nus sur le sable, c'est son kif. Conduire pieds nus aussi, il adore. Et en plus c'est interdit, encore mieux !

Vers onze heures, il arrive enfin sur les hauteurs de Houlgate. Cette vue est magnifique, Alan stoppe sa monture et scrute avec admiration. Les toits des somptueuses villas se découpent artistiquement sur ce fond de mer aux reflets argent. Il fait quelques clichés, reste encore un instant pour s'enivrer du spectacle. Tout en bas, la plage... et qui sait, parmi tous ces petits points multicolores... Charlène !
- Je suis arrivé.
- Enfin, je vous attendais. Je suis sur la plage, devant l'hôtel du même nom. Vous me rejoignez ?
- Je gare la voiture et je viens vous retrouver.

Oui enfin, s'il trouve une place ! Toujours aussi chaud ici, le stationnement. Mais, coup de bol, un pépé repart, au volant de son antique Citroën, une Ami 6, absolument nickel ! Dans cette rue étroite, le feulement du six cylindres à plat rend un son rauque pendant qu'il opère son créneau, ce qui ne manque pas de faire tourner les têtes. Il y a les gens sympas qui lèvent un pouce, les enfants qui font signe d'accélérer pour faire du bruit, et il y a les regards envieux, comme celui de ce beauf moyen, un moustachu ringard, gras, en tongues et short de foot, affublé d'une grasse femelle qui rumine un chewing-gum et de trois chiards en survêt, deux déjà très gras et un tout svelte. Celui qui pense être le père de tout ça scrute Alan avec défiance. Juste au moment où la capote se referme, pas de chance, ça voulait dire "laisse-moi t'ignorer en paix".

D'un pas léger, il aborde le sable de la plage. Il s'arrête, regarde à gauche, puis à droite, la main en visière. Une jolie blonde agite sa main, là-bas... "Laissez, c'est pour moi !", plaisante-t-il avec lui-même, toujours à moitié dans une réplique de film.
Il se laisse tomber, les genoux dans le sable, pour l'embrasser.
- Ça me fait plaisir de vous voir ici. Avez-vous fait une bonne route ?
- Excellente, je suis parti tôt pour me balader sur la côte, depuis Honfleur.
- Bonne idée, avec ce temps en plus.
- C'était magnifique, je ne pouvais pas espérer mieux. Et maintenant je suis avec vous, c'est top.

Il s'allonge quelques instants, se laissant envahir par la chaleur des rayons du soleil. Les yeux fermés, il écoute ces bruits si familiers, les ballons, les vagues, les enfants, les mouettes, les drisses des catamarans. Il se redresse et constate qu'il y a déjà du monde. Juste devant eux, quelques jouets en plastique. Il

regarde Charlène, les désigne et esquisse un pincement de bouche avant de lancer :
- On s'est bien amusée ce matin, Charlène ?
- (Elle éclate de rire) Oui, bien sûr. Enfin surtout Marie. Nous vous attendions pour faire un vrai château.

Marie... Certainement la fille de ses amis. Elle vient justement nous rejoindre, un râteau en plastique rouge à la main. Une jolie petite fille d'environ trois ou quatre ans, enfin à la louche selon sa non-expérience des enfants, aux cheveux châtain clair, longs et bouclés.
- Tu dis bonjour, Marie ?
- C'est qui ?
- C'est Alan ! Il va nous aider à faire un énorme château de sable.
- Bonjour Marie. Nous allons faire un château de Princesse, immense !
- Bonjour Alan. Allez tu viens !

Il remplit le seau, démoule la tour de sable, recommence huit fois pour obtenir huit tours. Cela fait tellement longtemps qu'il attend un prétexte pour refaire un château de sable sans se prendre la honte. Il explique ensuite à sa stagiaire qu'il faut creuser un fossé tout autour du château, sinon ce n'est pas un château fort. Ils remplissent ensuite l'espace entre les tours, aplatissent bien, forment des toitures pointues, construisent un pont pour y accéder, deux galets devant l'entrée et voilà le travail ! Ils posent fièrement car ils sont photographiés devant leur œuvre, puis Marie lui tend la main pour aller se rincer. Finalement, l'eau n'est pas si froide.
- Tu veux te baigner ?
- Oui, je veux !
- Alors attend-moi ici...

Il revient en courant pour prendre les brassards gonflables. Charlène le suit du regard, amusée.

- Vous vous débrouillez bien avec les enfants.
- Non, j'improvise, je suis novice en la matière. Vous venez vous baigner avec nous ?
- Elle est froide, non ?
- Non, justement. Allez, venez !

Ils marchent vers l'eau, Marie retend la main à Alan, Charlène prend l'autre main d'Alan. Il tourne la tête, surpris... elle lui sourit.

- Marie vous tient bien la main, pourquoi pas moi ?

A flanc de colline, la villa des amis de Charlène domine la baie. Ce qui offre le plus beau des spectacles pendant ce sympathique déjeuner sur la terrasse, à l'ombre d'un immense parasol en bois exotique et toile écru. Caroline est, elle aussi, décoratrice. Frédéric, son mari, éditeur de presse. Les présentations ont été chaleureuses, l'accueil extraordinaire. Alan constate qu'ils en savent déjà beaucoup sur lui.

En fin d'après-midi, après leur deuxième bain de mer de la journée, Charlène et Alan s'échappent pour une petite balade à Cabourg. Caro et Fred ne bougent pas, Marie est encore en pleine sieste, en position étoile de mer ! Ils font tous deux une longue marche sur la digue, commentant l'architecture douteuse de certains immeubles, mais aussi la beauté d'anciennes villas qui résistent aux humeurs de la mer et à l'urbanisation excessive, pour ne pas dire la mesquinerie humaine. Ils reviennent devant le Grand Hôtel, cet édifice impressionnant, symbole du succès des stations balnéaires au temps de l'Art Nouveau, mais aussi témoin d'un déclin qui aura été fatal à d'autres résidences tout

aussi luxueuses. Une table les attend sur l'esplanade, avec vue imprenable sur la plage. Ils s'installent côte-à-côte, face au spectacle. Charlène fixe l'horizon depuis plusieurs minutes, elle doit être partie bien loin ! Les boissons et les crêpes arrivent. Ils leur font un sort en cinq minutes. Alan essaie de voler un morceau de glace vanille baignée dans le chocolat chaud à sa charmante voisine, mais ses coups de fourchette sur la main le dissuadent efficacement. Rires, soupirs de bien-être, ils reprennent sur leurs chaises une position "transat". Il regarde Charlène, qui fixe toujours l'horizon. Elle tourne la tête vers lui, puis sourit.
- Vous ne regrettez pas d'être venu me rejoindre ?
- Si, un peu, mais maintenant que je suis là, pas trop le choix !

Il prend une timide claque retournée sur le bras ! Elle fait mine d'être outrée, puis pose sa main là où elle vient de le frapper. Puis la fait glisser pour lui prendre la main, à nouveau. C'est une douce sensation, presque cruelle.
- Je suis tellement heureuse d'être ici avec vous. Depuis plusieurs semaines, vous m'avez montré à quel point vous êtes passionnant et passionné, charmant et charmeur, à l'écoute des autres. Nous avons des goûts communs, nous aimons les mêmes endroits... bref, que de bonnes raisons pour qu'une jeune fille comme moi tombe amoureuse d'un homme comme vous.
- Seulement, il y a quelqu'un dans votre vie.
- Oui, mais pas au sens où vous l'entendez.
- C'est-à-dire ?
- Alan, si j'étais seule dans la vie, je vous aurais déjà demandé de m'embrasser, j'ai un mal fou à vous résister en ce moment. Mais je dois vous faire un aveu : dans ma vie, il y a une petite fille de quatre ans, qui adore sa maman, que j'aime à la folie... et qui s'appelle Marie !

Il a la sensation de perdre sa mâchoire inférieure, à cet instant.

- Ça alors, vous me clouez, là ! J'étais complètement à côté de la plaque.

- Je suis désolée, Alan. J'imagine que cela surprend.

- Non, enfin oui, mais ce "quelqu'un" dans votre vie, je pensais que c'était un petit ami ! Alors cette jolie petite fille qui me tenait par la main, tout-à-l'heure, c'est votre fille ?

- Oui, c'est ma Marie.

- Félicitations ! Dit-il en riant de soulagement. Mais, comment dire, alors il n'y a qu'elle dans votre vie ?

- Si c'est au père de Marie que vous faites allusion, il n'en fait plus partie depuis qu'il a su que j'étais enceinte. Je vous promets que je ne cache plus personne.

Le feu d'artifices touche à sa fin, le très beau bouquet final éclairant tout le village, la plage et la mer de ses mille feux. Caro et Fred remontent à la villa avec Marie. Ils invitent les deux tourtereaux qui se tournent autour à profiter de la soirée dans la station, à s'amuser. Alan propose à Charlène de prendre un verre "Chez Suzy", le bar branché de Houlgate. La musique est top, mais il y a un monde fou. Autant de parisiens que dans le métro ! Ils terminent leur cocktail dehors puis retournent une nouvelle fois sur le sable, s'approchent de l'eau, sans la voir, la plage étant plongée dans l'obscurité la plus totale. Le son de quelques vaguelettes les dirige. Ils marchent un long moment. Un regard vers les étoiles, un autre vers les lumières du village, ils sont presque seuls désormais. Alan avait pris la main de Charlène dès qu'ils ont commencé à longer les ondes produites par les vagues. Elle serre maintenant ses doigts, exerçant même plusieurs pressions. Il reçoit le message, s'arrête et se tourne vers elle. Il pose ses mains autour de sa taille, puis les remonte doucement le long de son dos. A son tour elle pose les siennes autour de ses épaules. Ils se retrouvent l'un contre l'autre, il sent son parfum, la douceur de sa peau, il caresse ses cheveux. Elle penche légèrement la tête en arrière, il couvre de baisers ce cou si sensible, il remonte vers sa joue puis atteint le coin de sa bouche, leurs lèvres se connectent, se partagent, une exquise sensualité vient envahir leur premier baiser amoureux, tendre et fougueux à la fois. Ils se laissent ensuite tomber sur le sable, se regardent, les lueurs au loin leur permettent de se distinguer suffisamment.

- Cette escapade normande prend une toute autre tournure. Je ne pensais pas, encore ce matin, finir dans vos bras. Mais pourquoi avoir mis une telle barrière, pourquoi ce "quelqu'un dans ma vie" ?

- Je suis libre, sentimentalement. Mais je ne suis pas seule, c'est toute la différence pour la personne qui entrera dans ma vie.

- Mais la laisserez-vous seulement entrer dans votre coeur, cette personne ?

- Si c'est une belle personne, oui mon cœur lui est grand ouvert.

- Et si je vous avoue, là maintenant, que je suis déjà amoureux de vous, et que bien évidemment Marie est la bienvenue pour ce grand voyage…

Elle ne répond rien, mais elle le sert contre elle, si fort. Leurs visages se touchent, il sent une larme couler sur sa joue. Il s'en inquiète et se recule pour la regarder. Elle rit nerveusement en s'essuyant brièvement de la main.

- Non mais ne t'inquiète pas, c'est juste que ça déborde, beaucoup d'émotion.

- Donc maintenant, on se tutoie ! Oui c'est mieux, tu as raison.

Elle lui tape le bras :

- C'est pas le moment de plaisanter, idiot !

- C'est toujours le moment, on peut s'aimer et rire à la fois, ce n'est pas un drame l'amour, au contraire. Mais dis-moi, tu avais briefé ta fille avant mon arrivée ? Car je ne l'ai jamais entendue t'appeler "Maman".
- Si, ça lui a échappé une fois, mais tu parlais avec Fred. On avait instauré ce jeu avec Caro, ça amusait Marie, et moi ça me permettait de te mettre au courant en douceur.
- J'ai adoré cette scène, quand tu m'as pris la main juste après elle, sur la plage. "Et pourquoi pas moi" ?

Un éclat de rire suit cette imitation. Ils s'allongent ensuite pour s'embrasser longuement, profitant du sable encore tiède pour se rouler l'un contre l'autre. Les bruits au loin s'amenuisent, le bal est en pleine effervescence mais devient presque lointain, laissant la place au léger clapotis des vaguelettes. Ils ont des étoiles par milliers au-dessus de leurs têtes, et probablement autant à l'intérieur.

Chapitre 16

Les Grandes Vacances ! Ce temps de l'année préféré des enfants et qui les poursuit toute leur vie. C'est probablement ce qu'on a inventé de mieux, se dit Alan, affalé dans le Kergoat, savourant un café gourmand maison, avec du gâteau breton notamment, et une crêpe dentelle. Mais le canot n'est pas à l'eau, non… il sèche ! Posé sur sa remorque, fraîchement repeint du matin. Il avait appliqué la deuxième couche sur l'intérieur et le dessus la veille. Une fois la peinture figée, il pourra remonter le pare-brise panoramique et l'accastillage. Il a vraiment de l'allure ce Rocca des années soixante. Pourtant c'est juste une grosse barque avec un look de canot automobile, mais l'effet est bien réussi. Il se souvient qu'il en avait un en miniature, qu'il prenait soin d'emporter pour les vacances d'été de son enfance. Il se rappelle également que c'était vendu dans une longue boîte transparente sur le dessus, en plastique un peu souple, de la marque Norev. La voiture était un coupé Fiat Dino couleur orange sanguine, équipé d'un crochet d'attelage, pour tracter une longue remorque sur laquelle reposait un canot Rocca, à la coque rouge et au carénage du dessus blanc, avec un petit pare-brise transparent, un drapeau planté à l'avant et un petit moteur à l'arrière. C'est collector aujourd'hui, le problème c'est qu'il n'a aucune idée de ce qu'est devenu ce jouet.

Alan est arrivé avant tout le monde ici, pour préparer ces vacances tout en bossant à distance. Une semaine qu'il se laisse bercer par la douceur de vivre au Kergwazh, tout en s'activant sur le bateau et sur ses jobs en cours, pendant les temps de séchage. Pas le temps pour l'apéro du midi chez Yann, juste une balade sur la plage le soir, un bon San Antonio pour finir sur une note potache, un message à Charlène lui souhaitant bonne nuit et au lit ! Ses amis ne vont pas tarder à débarquer, sa nouvelle compagne également et les vacances vont prendre un tout autre rythme. Ces quelques jours en solitaire lui permettent de décompresser après tous ces mouvements de vie. Le décès de sa grand-mère, puis la Louveraie, Marion, Nathalie, re-Marion, et maintenant son petit soleil, Charlène. Sans oublier la petite Marie, quelle jolie surprise ! Il l'avait kiffée dès le premier regard de toutes façons, comme sa maman.

C'est son dernier jour seul, il boucle le chantier peinture rapidement, range les outils et fournitures, il recule le Kergoat dans la dépendance, afin que la peinture durcisse tranquillement. Il a récupéré le moteur d'origine reconditionné et repeint dans sa teinte crème, orné d'un insert chromé très stylé avec ses bosselages et la plaque Mercury au-dessus. Il remontera tout ça dans quelques jours, avec ses potes. Il a également prévu une matinée remise en route de l'Ondine, comme ça pour rire, pour se la jouer restaurateur de bagnoles du dimanche. Il l'enverra ensuite dans un garage, pour refaire l'embrayage, les freins, les pneus, les amortisseurs, histoire de ne pas se tuer avec. Mais pour le réveil du moteur, il a envie de le faire, c'est un challenge.

Son téléphone sonne.
- Marion ?
- Salut Alan. J'ai entendu dire que tu étais en Bretagne.
- Tes sources sont à jour, je suis bien dans mon paradis !
- Et si je te dis que je peux me libérer et prendre un avion dès demain ?
- Eh bien, je te réponds que tes indics ont oublié de te dire que j'ai une nouvelle compagne qui, lorsque je l'attend à l'aéroport,

débarque bien de l'avion... elle, si tu vois ce que je veux dire !
- Ah, non je ne savais pas.

Il est conscient que ce "passing-shot" doit faire un peu mal à son interlocutrice, mais après tout, il en a bien bavé avec elle. Il lui souhaite un bel été et passe au plus vite à autre chose.

L'avion est pile à l'heure, Charlène arrive dans le hall quelques minutes plus tard, un immense sourire aux lèvres. Alan lui sourit aussi, comme jamais. Elle lui saute au cou, il n'y a pas d'autre expression ! Ses bras l'entourent, s'attardent. Elle pose sa joue contre la sienne, avec une extrême douceur. Puis elle se recule, le regarde fixement de ses yeux bleus et amplifie son sourire.
- J'ai un premier souhait... Un baiser !

Et sans réponse, elle s'empare de ses lèvres, de sa langue, de toute sa bouche. L'étreinte est forte et il ne peut masquer son désir, elle appuie le bas de son ventre pour confirmer qu'elle avait bien remarqué. Ils ouvrent les yeux, sourient, leurs lèvres se caressent une dernière fois, tendrement.
- Moi aussi j'ai très envie de toi...
- Je ne vois pas pourquoi tu dis ça !
- Tu nous trouveras un coin isolé, sur la route ?

Deux voitures sont alignées devant le portail lorsqu'ils arrivent enfin, après une escapade sur les bords de l'Odet, un peu plus haut. Alan devait faire découvrir à Charlène un point de vue extraordinaire sur la rivière, un énorme rocher en granit en forme de V, qui s'appelle "le saut de la pucelle". Pour eux, c'était en fait le spot des retrouvailles. Alors certes, le granit, ce n'est pas confortable, mais quel panorama !

Cette fois, ça y est, le projet vacances est enclenché, ils sont à nouveau tous réunis ! Langoustines fraîches sont au menu de la collation post-routière, chacun se détend, se sert et déguste langoureusement, le plaisir de se retrouver est intense. Alan se fait, bien évidemment malmener parce qu'il a pris une semaine de bronzage d'avance. Mais il voit surtout des visages interrogateurs lorsque Charlène passe la main dans ses cheveux, chaque fois qu'elle passe derrière lui. Ce sont les filles les moins patientes, donc les plus curieuses, à commencer par Christelle.
- Quand es-tu arrivée Charlène ? Parce que j'ai l'impression d'avoir manqué un épisode : la dernière fois que l'on s'est vues, tu étais la décoratrice d'Alan, pas sa coiffeuse.

Un fou rire collectif éclate, Christelle a le chic pour balancer des phrases non filtrées, mais Alan aime tellement cet humour cash, il en pleure tellement le ton était dans le bon registre.
- Aujourd'hui, comme vous, Alan est venu me chercher à l'aéroport juste avant de vous retrouver ici.
- Et donc vous êtes un peu ensemble, à ce que je vois. Les garçons, vous étiez au courant ?
- (Sophie bien moqueuse) Mais non, on le saurait déjà !

Révolte dans le camp des garçons, avec l'affirmation majeure, mais peut-être discutable, qu'ils sont de vraies tombes lorsqu'il y a un secret à garder. Les rires éclatent, les gentilles moqueries fusent, Charlène n'hésite pas à en rajouter, se rangeant immédiatement du côté de ses comparses. Alan est impressionné par son attitude enjouée. Elle semble les connaître depuis toujours, heureuse d'être ici, son sourire ne s'efface plus et ses yeux lancent des promesses à son nouvel amant.

Aux douze coups de minuit, tout le monde est déjà couché. Charlène s'installe bien sûr dans la chambre d'Alan et le

menace des pires représailles s'il ne vient pas la rejoindre très rapidement. Il se balade encore un peu dans le jardin, avec ses deux copains. Il a un truc à leur demander, ce qui les arrête net.
- Non mais ça va, détendez-vous, je ne vais pas vous demander de la moelle osseuse.
- Ouais, l'avion qui atterrit à dix-sept heures, vous arrivez à dix-neuf, je ne pense pas que tu en aies besoin de cette greffe de toutes façons, tout à l'air de bien fonctionner !

Jacques et Laurent lui pincent le ventre, ils se marrent ensemble, encore un peu. Alan leur explique que Charlène a une petite fille de quatre ans, adorable, Marie. Et il aimerait l'embarquer avec eux pour la suite des vacances. Elle est dans les Landes chez ses grand-parents, en descendant vers le pays basque, ça pourrait matcher. Ils acceptèrent chaleureusement sans hésiter, sachant parfaitement que si Alan leur demande cela, c'est que ça lui tient à cœur.

A l'instant où il pénètre dans la chambre, Charlène sort de la salle de bains, simplement vêtue d'un corset beige à l'ancienne et d'une petite culotte assortie, excessivement échancrée. Sa poitrine ainsi réhaussée et entourée de fines dentelles est encore plus belle. Sa taille serrée par les lacets accentue sa jolie cambrure.
- J'a… J'a… J'arrive bijou ! Lui adresse-t-il en levant l'index depuis la porte de la salle de bains, tel Mr Poinsot dans le Père-Noël est une ordure. Il fonce sous la douche et revient se lover contre elle, encore humide, enroulé dans une serviette de toilette qui lui sert de pagne. Il est sous le charme, elle le regarde de haut, fière mais amusée.
- Et si tu me libérais de ce bustier qui me comprime un peu ?
- A tes ordres ton Altesse !

Toutes les meilleures choses ont une fin, c'est le cas de ces vacances d'été, qui auront été excellentes de bout en bout. La Bretagne aura été le premier ciment du groupe, Sophie et Charlène effectuant leur bizutage.

Alan a tenté de leur faire découvrir l'essentiel de ce coin de France, toute la côte, la Pointe de la Torche, la Pointe du Raz, le Phare d'Eckmühl et ses 307 marches, le Guilvinec, pour récupérer encore des langoustines et leur présenter Tonton ! Puis balade dans le vieux Quimper, sur les bords de l'Odet, de chaque côté, le Saut de la Pucelle, les Bains Romains. Ils ont pu sortir trois fois avec le Kergoat, soit pour aller prendre l'apéro chez Yann, soit pour aller vers l'amont et contempler les différents châteaux et manoirs. L'Ondine a redémarré aussi, grosse victoire de l'équipe. Les garçons ont suivi scrupuleusement le protocole d'Alan, concernant le remplacement de tous les fluides, des bougies, des filtres et de la batterie, puis la montée en pression de l'huile dans le moteur sans allumage, et enfin le coup de clé final, qui libéra la mécanique et lui permit d'émettre un joli son prometteur. Ils ont dîné en terrasse, tout le temps, se sont fait des pauses plage-baignade, des déjeuners à droite à gauche au fil des balades. Il y a déjà de belles photos souvenirs à mettre dans ce début d'album au Kergwazh.

Lorsqu'ils ont quitté Plomelin, ils se sont fixés une étape à La Baule pour déjeuner sur la plage. Charlène s'était chargée, pendant le trajet, de trouver le meilleur spot, et de réserver. Puis ils arrivèrent en fin d'après-midi à Cap Breton, où Marie les attendait avec impatience. Charlène et elle criaient de joie en se jetant l'une sur l'autre, Alan regardait la scène avec tendresse.

Rencontre avec les anciens gardiens de la Louveraie, et donc parents de Charlène, un instant important aussi pour lui. Puis Saint-Jean, pour une semaine sous le haut commandement du Jaco sur ses terres. De la même manière, il leur a tissé un programme de rêve, de la mer, de la montagne, des villages typiques, de l'Espagne, de la bouffe aussi, putain toute cette nourriture, Alan ça le rend dingue, il a un appétit de serin. Les paysages étaient tellement incroyables, et la météo les a carrément épargnés, ils n'ont eu que deux jours de pluie.

Et le final, oh peuchère, à quelques encablures de Marseille sur la Côte Bleue, Chez Lolo à Carro, où les potes, car là en troisième semaine, filles ou garçons, ce sont des potes, sont passés au rosé, au pastis, aux olives, à la tapenade. Inoubliables, les grillades de poissons le soir sur le petit port de Grand-Méjean, ou de Sausset-les-Pins, les balades dans les calanques, les plongées dans ces eaux si claires, les concerts de cigales, les balades shopping à Marseille, à Aix, à Martigues. Un pot du soir à Carry-le-Rouet, où un orchestre attendait, les musicos semblaient embêtés. Que se passe-t-il ? Leur batteur ne vient pas. Les deux copains se retournent d'un coup vers Alan. "Ah non-non-non les gars, pas possible ça". Il a été obligé de se soumettre, tout le resto criait "A-lan A-lan". Littéralement dénoncé par ses potes, c'est moche et ça va leur coûter cher ! Il a enchaîné une dizaine de morceaux et a jeté les baguettes, réclamant un cachet, bordel ! Puis finalement heureux de l'avoir fait et assoiffé, il était revenu s'asseoir, auprès de sa blonde, qui hallucinait. Marie criait et applaudissait, elle était fan !
- Attendez, je ne savais pas qu'il jouait d'un instrument.
- Il n'a pas encore installé sa batterie dans votre chambre ? Demande Laurent. Ne sois pas inquiète, ça va arriver très vite.

Après une dernière pétanque, après tout ce vécu partagé, les amis sont bien nostalgiques. Ils prennent la route du soleil, l'autoroute des vacances, mais dans le mauvais sens !

Sur tout le trajet, Charlène et Marie alternent chanson et sieste, elles accompagnent avec entrain les playlists du pilote. Il ne dit rien mais il kiffe. Il vérifie souvent que tout va bien dans son rétro, la petite Princesse est radieuse. Elle l'appelle N'Alan, il sait que c'est un jeu, car elle parle très bien ! Mais surtout elle laisse sa maman aimer et être aimée sans aucun commentaire. Les deux amoureux se prennent régulièrement la main, se font des caresses, s'embrassent parfois mais pas trop devant elle. Mais si cela arrive, elle les regarde distraitement et sourit.

Chapitre 17

La semaine de reprise est par définition une étape à surmonter. Et il se trouve qu'il y a trois cols de montagne dans l'étape, Alan voit la date de présentation des flacons pour une marque de soins capillaires approcher furieusement, et il lui reste aussi les étuis à dessiner. Ça, à la limite, il peut les finir ce soir à la Louveraie. Dieu merci, c'est vendredi. Delphine prend congé vers dix-sept heures, il lui souhaite un bon week-end et la regarde partir. Il ne la trouve plus aussi sexy qu'avant. Les filles dans la rue non plus d'ailleurs.

Charlène arrive la première à Louveciennes et leur prépare une belle salade de pâtes. Puis elle se pose dans un canapé, avec un magazine de déco, en attendant son Prince.

Alan admire la plaque émaillée précisant "La Louveraie" sur le pilier droit, le portail s'ouvre... Il adore ! En le franchissant, il a l'impression d'avoir fait deux-cents kilomètres et d'être à la campagne. Il roule au pas, savoure la traversée du sous-bois, puis range son auto à côté de celle de sa dulcinée, comme par mimétisme. Il entre avec un énorme bouquet de roses rouges et est accueilli par une foule de baisers. Son regard est pétillant, elle l'attire aussitôt dans le salon. Ils ne se sont pas vus de la semaine et sont excités comme des ados !
- J'ai plein de surprises pour toi, mon amour. Je te sers un truc à boire ?
- Oui, je veux bien un Pastis, j'ai la nostalgie des vacances aujourd'hui. Les surprises, qu'est-ce que c'est ?

Il s'installe dans l'un des canapés, Charlène court dans la cuisine et revient avec son sac.

- Elle n'est pas là, Marie ?
- Non, elle sera avec nous demain, ce soir elle dort chez une copine. Tiens, d'abord, j'ai trouvé le CD du "live" de U2 que tu cherchais depuis des semaines.
- Non ? Attend, c'est génial ! Comment as-tu fait ?
- Une amie qui est revenue des Etats-Unis aujourd'hui, je l'avais briefée par mail.
- Tu es un amour !
- Je sais ! Ensuite, j'ai invité quelques amis à diner demain, nos compagnons de vacances et puis Caro et Fred, que tu connais. Les courses sont faites, il n'y a plus qu'à...
- Excellent, très très bonne idée. Il y a encore autre chose ?
- Oui.

Alan sent qu'elle veut entretenir le suspense, alors il se lève et la rejoint dans le canapé d'en face pour la torturer.

- Alleeez, dis-moi...
- Non, après le dessert.
- Bon, alors à mon tour. Demain matin, nous allons chercher ta nouvelle voiture.
- Quelle nouvelle voiture ?
- Ta nouvelle Mini Cooper S, gris foncé, avec des bandes rouges. Exactement celle que tu reluques dans ce catalogue depuis des semaines.
- Mais... Tu es fou ?!
- De toi ? Ah oui, ça c'est indiscutable.

Elle se jette sur lui pour le remercier. Les retrouvailles sont si intenses qu'ils s'offrent l'un à l'autre, avec ferveur, dans les trois canapés, avec un final assez torride sur l'immense table basse. Et une fois de plus, leurs orgasmes se synchronisent à la perfection. Ils se câlinent longtemps après, une pluie de mots tendres accompagne ce moment de douce intimité. Puis ils se douchent ensemble pour garder le contact, s'essuient le dos mutuellement et se rhabillent devant le miroir, chacun regardant l'autre régulièrement.

Pendant qu'ils dînent, Alan lui parle du trésor caché dans le souterrain, de ses soupçons très minces quant à l'endroit où il peut bien se trouver. Et d'abord, de quoi est-il constitué, ce magot secret ?
- Si ça se trouve, il y a trois liasses de billets qui n'ont plus cours aujourd'hui, avec une vieille montre et deux boutons de manchettes.
- Ouuuh, tu serais déçu mon Amour. Pas vrai ?
- T'as raison !
- Veux-tu que l'on fasse une exploration demain ?
- Oui, pourquoi pas.

Sa Princesse sert le café pendant qu'il allume quelques bougies placées dans la cheminée. Ils se blottissent l'un contre l'autre en regardant monter l'intensité des flammes. En musique de fond, Nicolette Larson.
- Charlène ?
- Oui mon coeur...
- J'ai une proposition à te faire : j'aimerais que tu me rejoignes, chaque soir, que tu viennes vivre avec moi, quoi, en fait !
- Tu es sérieux ?
- Oui, très sérieux ! Les retrouvailles ici le vendredi, c'est top, mais la semaine est longue sans toi, tellement !
- Alors écoute bien, je ne réfléchis même pas... C'est oui... oui, oui, et carrément oui !

Et c'est reparti ! La chemise, le bustier, le soutien-gorge, le jean's, le caleçon, la culotte... tout vole ! Certainement le bénéfice des vacances, toujours est-il qu'ils tiennent une sacré forme. Vient ensuite le deuxième café, mais aussi l'heure du dernier aveu.

- Au fait, Charlène, n'avais-tu pas une dernière chose à me dire ?
- Si. Dimanche midi, mes parents passent nous voir. Ils ont des bricoles à récupérer dans la maison du bas, au passage.
- Quelle bonne idée ! Mademoiselle Amélie serait bien heureuse de voir tout cela. Et je suis ravi que tu me présentes tes parents. Enfin plus longuement qu'à Cap Breton cet été !
- Oui, je sais, ils ont dû nous prendre pour une bande de fous !

Son joli rire éclate aussitôt. Elle lui avoue avoir très envie de cette rencontre, maintenant qu'elle n'envisage sa vie qu'auprès de lui. Alan vit à cet instant un réel bonheur intérieur, que cette belle jeune femme lui procure, naturellement, avec sa spontanéité, son honnêteté ! En seulement quelques semaines, sa vie a changé, la page blanche se colorise, les envies ne sont plus les mêmes et les espoirs deviennent des projets.

Le clocher sonne midi, les deux amoureux arrivent juste à la Louveraie. Alan descend de sa voiture, mais Charlène reste dans son nouveau bolide, testant toutes les commandes.

- Tu vas pouvoir t'en séparer un petit peu ou je t'apporte un sandwich ?
- J'arrive mon Chéri. Elle est géniale, je l'adore. Et j'ai l'impression que le moteur a plein d'énergie en réserve.
- Ce n'est pas qu'une impression, ma beauté... y'en a.
- Tu es vraiment fou, mon amour ! Tu n'imagines même pas à quel point je suis aux anges.
- J'ai cru comprendre que ta GTi était fatiguée. Mais étant donné que j'adore cette voiture, on va la garder et la restaurer. Je

voulais donc te faire un beau cadeau de consolation.

Au bout du souterrain, Alan examine l'escalier, mais les énormes marches en granit ne lui paraissent pas être une cachette très pratique. Il les gravit, entre dans le garage et ouvre la lourde porte extérieure pendant que Charlène balaie les murs avec sa lampe-torche. Les pierres ne semblent pas plus vouloir livrer un secret. Quelques outils sur des étagères en bois, c'est tout ce qu'ils trouvent ici. Ils fouillent l'intérieur de la voiture, sans résultat. Il lance un jet de lumière en-dessous, sans trop d'espoir, mais c'est là que lui vient le déclic.
- Charlène, je crois que j'ai trouvé.
- Sous la voiture ?
- Oui, j'aperçois des planches en bois. Il doit y avoir une fosse de garagiste là-dessous. Et peut-être bien le trésor.
- Bien joué ! Crois-tu que nous allons réussir à la pousser à l'extérieur ?
- Si le frein à main n'est pas resté bloqué, oui.

Il n'était même pas enclenché, ce qui est normal, de la part d'un spécialiste de l'automobile, Alan aurait dû s'en douter. Ils sortent donc la voiture et découvrent effectivement des planches alignées et calées dans la dalle en ciment. Il les soulève une à une et descend par la petite échelle qui était restée là. Il éclaire tout autour de lui... il y a une niche dans un mur de la fosse, contenant une vieille caisse en bois. Il tire sur la poignée latérale en simple cordage... Elle fait au moins 30 kilos.
- Ça va, mon N'Alan ?
- Oh non... pas toi !
- Pardon mon amour... Veux-tu que je t'aide ?
- Oui, je veux bien, mais attention, ça pèse deux tonnes. Je vais

aller chercher une brouette pour la ramener à l'atelier.
- Attend-moi... Moi pas tranquille ici toute seule !
- Tu es une comique en fait, je n'aurais jamais cru au début !

Il l'attrape par la taille et ils se dirigent tous deux, en plaisantant, vers la dépendance. Pendant qu'il opère l'aller-retour en brouette sport, avec coque en aluminium et pneu slick, Charlène leur prépare un bon café, qu'ils dégustent ensuite sur la terrasse.
- Dis, mon Chéri, et si ce n'était pas ça ? Cette caisse est peut-être pleine de grenades ou de munitions.
- Non, je ne pense pas, on ne l'aurait pas cachée là, il y a une pièce pleine d'armes à côté. Allez, on ne va pas attendre plus longtemps, je sens qu'il est là, le trésor.
- Si tu le dis !

Alan glisse l'outil... les planches du dessus éclatent dans un crissement aigu... une toile épaisse recouvre le contenu. Charlène la soulève et un éclair lumineux les ébloui. De l'or... des lingots d'or, parfaitement rangés. Il y a juste une autre petite boîte en bois sur le côté. Il l'ouvre... Le déballage est minutieux, des feuilles de papier de soie enveloppent des sortes de plaques de verre. Il en saisit une pour la dresser vers la lumière du jour, avec précautions, connaissant leur extrême fragilité.
- Des "Daguerréotypes" ! Génial, j'adore !
- C'est vrai ? Et que représentent-ils ?
- Des clichés de la carrosserie à Levallois apparemment. C'est fabuleux, ça. Viens dans l'atelier, on va se mettre sur la table lumineuse avec un compte-fils.

Ces ancêtres de la photo leur livrent des vues du garage familial effectivement, mais aussi de la Louveraie. Il y en a une qui a figé la façade Sud avec le salon de jardin, tel qu'il est placé aujourd'hui. Une autre surprend le papa de Mademoiselle

Amélie, encore très jeune, arborant une cote de travail rayée et de superbes bacchantes devant l'atelier. Il se tenait debout devant l'un de ses diaboliques prototypes, une clé à molette à la main. Les deux complices sont émerveillés par ces images d'un passé qui, finalement, les concerne de très près. Alan manipule ces fragiles petites merveilles avec la prudence d'un laborantin. L'émulsion a forcément un peu souffert du temps, mais la qualité est phénoménale. Il les range dans leur coffret, tels qu'il les avait trouvés. Puis ils reviennent à leurs scintillants lingots ! Le nombre en longueur fois en largeur fois en hauteur... Ils en totalisent donc dix-huit. Elle est belle l'histoire ! De quoi offrir une très luxueuse nouvelle jeunesse à la Louveraie.

Un immense sapin, entièrement décoré de centaines de lumières blanches et de cheveux d'ange argent, préside dans le hall d'entrée de la demeure. Nous sommes début décembre. Le soleil s'est levé, bien sûr pas très haut, sur une nature complètement givrée. Le parc est endormi mais de toute beauté. Dans le bassin, que Charlène a recomposé grâce aux photos d'époque et aux pierres retrouvées derrière l'atelier, l'eau est figée par une épaisse croûte de glace parsemée de poudreuse. Il l'aide à dresser le grand buffet. Car en ce beau dimanche d'hiver, ils ont invité quelques voisins et amis pour un « wine & cheese lunch ».

Les convives visitent en toute liberté la maison, maintenant entièrement restaurée. Les chambres plaisent beaucoup et la liste d'attente pour séjourner dans le "chalet de montagne" est déjà longue ! C'est le gros succès de Charlène. Ils ont d'ailleurs prévu de se louer un vrai chalet dans les Alpes, en février, pour vérifier qu'ils n'ont rien oublié dans la déco, et surtout pour vivre ensemble les joies de la montagne en hiver. Marie n'a encore jamais chaussé de skis, c'est une excellente occasion.

Tout en haut, le vaste grenier est toujours en partie occupé par leur immense bureau, où ils travaillent en même temps, parfois. Mais l'autre moitié accueille désormais une sorte de musée, exposant les Daguerréotypes, le prototype de voiture de course, qui a entièrement été démonté, nettoyé et remonté ici. Très gros sujet là aussi ! Il y a des toiles, des sculptures de Joséphine, des protos de sculptures de voitures, mais ça Alan ne veut pas en parler, c'est un nouveau projet.

Charlène a libéré son appart de Suresnes dès la rentrée et est venue s'installer avec Marie, Avenue Emile Zola. Alan a renoncé à vendre cet appartement, réalisant que Louveciennes, au quotidien en matière de circulation, ce serait compliqué. Mais dès qu'ils en ont l'occasion, ils filent tous les trois à la Louveraie, parfois dès le jeudi soir. Du quinzième, elle va facilement à La Défense et elle adore son nouveau quartier.

Marie a la même Mini que sa maman dans la grande maison, elle saute dessus dès qu'ils débarquent en fin de semaine et roule dans toutes les pièces du rez-de-chaussée. Ce qui n'est pas sans réveiller quelques souvenirs dans le cerveau apaisé d'Alan ! Difficile de penser à la place de la petite Princesse, mais Charlène affirme qu'elle est épanouie dans cette nouvelle vie.

Chapitre 18

« Nous étions en mai, un joli mois de mai, comme souvent. Plutôt vers le début, car les cerisiers japonais s'étaient gonflés de boules de fleurs rose barbe à papa. Les hortensias offraient leurs plus fraîches couleurs, en subtiles nuances de rose parme ou de bleu océan. Les arbres avaient enfin déployé leur nouveau feuillage, chaque sous-bois était illuminé de ce vert tendre, si fluorescent de lumière. »

Alan quitte les bords de l'Odet du regard et se tourne instantanément vers Charlène, assise sur la même banquette, à l'avant du Kergoat.

- Dis donc, c'est le début de mon roman secret, ça. Je rêve, ou tu as fouillé dans mon bureau !

- Je n'ai pas "fouillé", je suis tombée dessus en t'empruntant une boîte de crayons de couleur. Il était mal rangé, voilà tout !

- Bien sûr, c'est de ma faute. Réplique-t-il en imitant Galabru.

- Mais attend, mon Chéri, ce n'est pas fini, laisse-moi te conter la suite : « Dans le domaine familial finistérien, une messe est donnée en plein air. Cent personnes se tiennent debout sous les guirlandes de fleurs, devant les chaises parfaitement alignées sur le gazon. Toutes ont le sourire. Les parents et amis de Charlène et Alan les accompagnent du regard, avec une certaine émotion. Un coup d'œil à gauche : l'immense table recouverte de nappes d'un blanc pur et parsemée de bouquets et pétales de fleurs est prête. A droite, Charlène sourit. Sa superbe robe écru accentue son expression angélique. Derrière le prêtre, Alan aperçoit l'Odet, bleu et or, sur lequel se détache au loin le Kergoat. »

Alan éclate de rire. Il fait un quart de tour pour la regarder en souriant et appuie son bras gauche sur le pare-brise du canot. Puis se tourne un peu plus vers Marie, affalée sur la banquette arrière avec son golden-retriever en peluche. Là, il tourne la clé pour couper le moteur.

- Marie, tu le crois ça ? Non seulement ta maman fouille dans mes affaires, mais en plus elle modifie mes textes.
- Ah ben bravo Maman, c'est pas très gentil ça !
- Mais elle a une excuse : je crois qu'elle veut nous faire passer un message. Et nous allons rentrer dans son jeu. Ecoute la suite :

« Pendant que le représentant de l'église prépare son apéritif, Alan se penche discrètement vers sa femme, officiellement depuis deux minutes :
- Tu es magnifique, Charlène.
- Tu es plutôt beau mec aussi, mon amour !
- Ça te dit un tour de bateau, juste tous les deux ?
- On commence déjà les bébés ?
- Nous avons l'accord du prêtre, je te signale.
- On attend qu'il termine, peut-être... non ?
- Tu as raison, il pourrait se vexer. »

Charlène éclate de rire à son tour. Sa fille n'a pas tout saisi, mais elle imite sa mère, tout en secouant la tête de sa peluche afin de la faire participer à l'hilarité. Alan lève un sourcil, les regarde successivement en essayant d'avoir l'air dépité, mais un sourire lui échappe. Il se tourne vers le large et remet le moteur en marche.

- Vous n'êtes pas sortables les filles ! Allez, apéro chez Yann, c'est Marie qui nous invite, hèle-t-il en mettant les gaz.